www.tredition.de

Markus Türk

***

Wer ist da?

www.tredition.de

© 2019 Markus Türk

Verlag und Druck: tredition GmbH, Halenreie 40-44, 22359 Hamburg

ISBN
Paperback: 978-3-7497-1957-0
Hardcover: 978-3-7497-1958-7
e-Book: 978-3-7497-1959-4

Die Minutenanzeige des Digitalweckers sprang von 05:44 auf 05:45 und der polyphone und ins Mark dringende Weckton begann sein Tagwerk. Doch auch an diesem Morgen erstarb die Melodie nach knapp drei Sekunden, nachdem eine Hand auf der Snoozetaste landete. Kurz danach wurde die Weckwiederholung deaktiviert. Dunkle mittellange Haare verließen das Kissen und wurden mit ins Bad getragen. Ein trockener Husten schallte durch den Flur und Kater Theodor öffnete für einen kurzen Moment die Augen, um gleich darauf wieder in weiteren Schlaf zu fallen. Er kannte den genauen Ablauf und wusste, ab wann sein Aufstehen Sinn machte und mit frischem Essen belohnt wurde. Die Badezimmertür fiel zu und einen Moment später hörte man das Wasserrauschen aus der Duschkabine. Sieben Minuten später blickte Luisa auf ihre Armbanduhr, während sie sich die Zähne putzte. Heute hatte sich ein Kunde angemeldet, um ein Marketingangebot von Stierling anzufordern. Sie verließ das Bad in ihrer Jeans und dem weinroten Hoodie. Auf dem Weg zur Küche zog sie den Pferdeschwanz durch das Spiralhaarband. Zum richtigen Zeitpunkt gesellte sich Theodor zu ihr und drückte sich mit langsamen Bewegungen an ihren Knöcheln herum. Mit aufgestelltem Schwanz ähnelte er einem Autoskooter.

„Hey, mein Dicker. Möchtest du mit frühstücken?"

Gleich darauf folgte das Mauzen, welches als Antwort zu verstehen war, und jedem Haustierbesitzer das Gefühl vermittelte, dass sein Tier früher einmal ein Mensch gewesen sein musste.

Ein kleines Lächeln überflog Luisas Gesicht, während sie die geöffnete Dose Katzenfutter aus dem Kühlschrank holte und den Rest in Theodors Napf füllte. Sie selber schmierte sich zwei Toastbrote mit Nutella und schlenderte um zehn nach sechs mit diesen ins Wohnzimmer. Luisa schaltete den Fernseher ein und schaute, während sie die Toast und den Kaffee zu sich nahm,

Frühstücksfernsehen. Als die Nachrichten um sieben begannen, machte sie sich auf und verließ die Wohnung. Jeden Morgen hoffte sie dabei, den Nachbarn über ihr, im Hausflur oder an der Bushaltestelle zu treffen. Irgendwie hatte er jedoch stets wechselnde Arbeitszeiten, so dass sie nur selten in den Genuss seiner Gegenwart kam. Nun ja, was heißt in den Genuss, mehr als ein „Hallo" und „Schönen Arbeitstag" war zwischen ihnen nicht kommuniziert worden, aber das dazugehörige Lächeln von ihm, bedeutete bestimmt mehr. Er war vor einem dreiviertel Jahr eingezogen, ist auch fast Anfang Mitte Dreißig, trägt Brille, sieht nett aus und ist Single. Naja, laut Türschild und ihrer Nachfrage beim Vermieter. War damals eine komische Situation, an die Luisa sich im Nachhinein ungern erinnerte. Vor knapp vier Wochen jedoch hatte sie ihren Müllbeutel neben der Wohnungstür stehen und durch den Türspion geguckt, da sie wusste, dass er jeden Donnerstagabend zum Sport ging. Als sie ihn sah, war sie *zufällig* gerade mit dem Müll raus. Er lächelte sie flüchtig an und sagte –Hallo-. Sie ist hinter ihm die Treppe runter und hatte seinen Po betrachtet und überlegt, welchen Sport er wohl machte. Sie selber hatte dafür keine Zeit, Nerven und Lust. Ihre Figur würde es ihr zwar danken, aber die beiden Rollen an der Hüfte konnte sie noch ganz gut kaschieren. Luisa glaubte, dass auch er ein schüchterner Mensch war und daher wird die Zeit ihr Nötigstes tun. Es musste sich nur die Gelegenheit bieten.

Doch heute Morgen begegneten sie sich nicht und schon durchschritt Luisa die Haustür und stand auf dem Bürgersteig. Parkende Autos neben der einspurigen Straße trennten sie von ihrer Bushaltestelle, die gleich schräg gegenüber ihrer Wohnung eine separate Linienspur hatte. Schon zu dieser Zeit herrschte ein hektischer Verkehr in ihrem Stadtteil. Sie suchte und fand eine Lücke zwischen den schleichenden Fahrzeugen und erreichte ihre Haltestelle. Der Bus kam um zehn nach sieben, und brauchte nur dreißig Minuten um bei Ihrer Arbeitsstelle anzukommen. Auch dort war direkt davor eine Haltestelle. Sie konnte auch den Bus später nehmen, der sie dann um zehn vor acht ankommen ließ. Luisa war es so jedoch sicherer. Es vergangen nur wenigen Augenblicke, da erreichte der Bus die Haltestelle und Luisa stieg ein. Aufgrund ihrer Monatskarte konnte sie direkt durchgehen und bekam noch einen freien Platz, gleich hinter dem Mittelgelenk des Busses. Während der nächsten zwei Busstopps füllte sich das Fahrzeug um etliche Fahrgäste. Luisa bemerkte eine ältere Dame Ende siebzig, die, nachdem sie dem Fahrer ihren Seniorenberechtigungsschein präsentierte, den Blickkontakt mit ihr erwiderte. Luisa winkte ihr zu und griff nach ihrer Tasche. Sie stand auf und verließ den Sitzplatz. Dabei löste sich der Riemen ihrer Tasche, rutsche ihr über die Schulter und fiel in den Fußraum des Bodens. Als sie sich danach bückte rutsche ein junger Mann, mit Undercuthaarschnitt und Kopfhörer im Ohr, an ihr vorbei und nahm ihren Platz ein. Sie bemerkte diese schnelle Handlung erst, als sie den Haken ihres Riemens wieder sicherte. Fassungslos und mit leicht geöffnetem Mund starrte sie den Mann an, der gelangweilt an ihr vorbeischaute. Mittlerweile hatte sich die ältere Dame zu ihr durchgeschoben und wechselte nun ihren Blick von Luisa zu dem besetzten Sitzplatz. Luisa schürzte die Lippen und zog ihre Schultern hoch. Ein grimmiger Blick traf sie von der Alten, die sich anschließend kopfschüttelnd abwendete und mit wenigen Schritten Abstand von ihr nahm. Luisa sah wieder zu dem neuem Platzhalter, der immer noch Kaugummi kauernd demonstrativ an ihr vorbeischaute. Den Rest der Busfahrt fühlte sie sich schlecht und unwohl. Ihr Körper heizte sich auf und so zog sie des Öfteren an dem Kragenausschnitt ihres Hoodies, um die warme Luft ausströmen zu lassen. Fast auf die Minute genau erreichte der Bus die Haltestelle vor ihrer Arbeitsstelle und Luisa drängte sich durch die Fahrgäste ins Freie. Sie spürte überdeutlich den Blick der älteren Dame im Nacken und ihre Hand strich unbewusst über die Stelle. Hinter ihr ertönte die Pneumatik der schließenden Türen und der Bus setzte seine Fahrt fort. Langsam reduzierte sich ihre Körperwärme und Luisa blieb stehen und atmete langsam ein und aus. Sie schulterte ihre Tasche als sie sah, wie eine ältere Dame fast mit dem Fahrrad in eine Hecke kippte.

„Huch", sagte die Frau und konnte sich und das Fahrrad gerade noch mit einem Bein abfangen.

„Was ist das denn?", folgte als Frage, während sie zu ihren Pedalen schaute.

Luisa kam langsam auf sie zu. Ihre Hilfsbereitschaft für ältere Damen an diesem Tag, war eigentlich schon erfüllt, dennoch fragte sie.

„Kann ich Ihnen helfen?"

Die kleine Frau schaute sie an.

„Irgendwie kann ich nicht mehr treten!". Ihr Blick wanderte erneut zu den Pedalen. Sie beugte sich und nahm eine davon in die Hand.

„Sehen Sie? Es hakt auf einmal!"

Luisa sah zum hinteren Zahnkranz und erkannte die Ursache. Die Kette hatte sich zwischen dem kleinsten Ritzel und der Hinterradgabel geklemmt.

„Mein Fahrrad ist in der Wartung und daher hat meine Tochter mir ihr Rad geliehen. Doch diese Schaltung ist irgendwie anders als bei meinem!"

„Sie haben bestimmt eine Narbenschaltung und das hier ist eine Kettenschaltung. Da gehen die Gänge nicht immer so sauber rein!", erklärte Luisa, hielt den Lenker und hockte sich hin.

„Ja. Ich habe auch nur drei Gänge. Das reicht völlig". Die ältere Dame ließ das Fahrrad los und ging einen Schritt zurück.

„Kann man das wieder hinkriegen?"

Luisa schaute die Frau an und anschließend auf ihre Uhr. 07:41 Uhr. Sie war noch gut in der Zeit. Sie klappte den Fahrradständer raus, öffnete ihre Handtasche und holte eine Packung Papiertaschentücher hervor. Sie nahm ein Taschentuch und griff damit vorsichtig einige Kettenglieder, die kurz vor der Unglücksstelle hingen. Durch den Kraftaufwand der älteren Frau waren die Kettenglieder sehr stark in den Zwischenraum getrieben worden, und benötigen einen noch größeren Kraftaufwand dort wieder herauszukommen. Die dünne Baumwolle zwischen ihren Finger saugte das Kettenfett auf und riss beim kraftvollen Ziehen ein. Luisa holte weitere Taschentücher aus der Packung und wickelte diese um die Kette, während sie bereits die schwarzen Streifen auf ihren Finger bemerkte. Schräg gegenüber standen zwei Schüler, die sie bei ihrer Arbeit beobachteten. Einer der beiden holte sein Smartphone aus der Tasche und tippte auf das Display. Vielleicht gibt es ja ein Tutorial, wie man diese Situation einfacher lösen kann. Sie hoffte, dass die beiden ihr einen Tipp geben könnten, doch eine Sekunde später hielt er es bereits hoch und zoomte sie mit zwei Fingern größer. Ein neuer Versuch brachte das gleiche Ergebnis und Luisa strich sich eine Haarsträhne, die sich mittlerweile aus ihren Pferdeschwanz gelöst hatte, zurück.

„Wenn es nicht geht, dann frag' ich jemand anderen!", kamen die Worte aus ihrem Rücken.

Noch einmal gab sie sich nicht geschlagen.

„Nein, kein Problem!", knirschte sie die Worte hervor und griff nun mit der ganzen Hand zu und umschloss somit die Kette. Ein kraftvoller Zug schaffte es die Verankerung zu lösen, wobei sie sich leicht den Zeigefinger an einem Ritzel aufriss. Luisa legte die Kette auf das kleinste Ritzel, schaltete vorne auf einen niedrigeren Gang und ließ vorsichtig den Kettenschieber seine Aufgabe erfüllen. Während sie den Sattel hochzog und das Hinterrad seinen freien Lauf hatte, ratterte die Kette auf ein größeres Ritzel und folgte den Pedalbewegungen.

„So, das müsste es gewesen sein!", erklärte Luisa und ließ das Hinterrad wieder ab.

Die Schüler an der Haltstelle steckten ihr Handy wieder ein und Luisa versuchte mit dem letzten Papiertaschentuch die Schmiere von ihren Fingern zu wischen. Leider erfolglos.

„Oh, ich danke Ihnen, Herzchen. Allein hätte ich das nicht geschafft". Die ältere Dame strahlte Luisa an und nahm die Startposition beim Fahrrad ein. Es war viel zu groß für sie, sodass sie erst auf dem Sattel Platz nehmen konnte, als sie sich in Bewegung gesetzt hatte.

„Und jetzt am besten nicht mehr schalten!", rief ihr Luisa hinterher.

Die ältere Dame winkte und schlenderte bei dieser Bewegung mit dem Lenker. Luisa hoffte, dass sie sicher dort hinkam, wo sie wollte. Erneut wischte sie mit dem Taschentuch ihre Fingerkuppen, bevor sie auf ihre Uhr sah. Es war kurz vor acht. Sie schnappte sich ihre Tasche und eilte zur Arbeitsstätte. In dem Gebäude gab es ein Foyer, welches an einer großen Wand, die einzelnen Firmen und deren Etagen dem Gast offenbarte. Ihr Arbeitsgeber, die Werbeagentur Stierling, befand sich im zweiten Stockwerk. Luisa eilte zum Fahrstuhl und schaffte es noch vor dem Schließen der Schiebetüren in die Kabine zu gleiten. Die Photozelle bemerkte diese Bewegung und ließ daraufhin die Türen wieder auffahren. Ein erneutes Zufahren der Türen verzögerte sich daraufhin und schien endlos zu brauchen, um die Freigabe des gefahrlosen Transportes zu gewährleisten. Doch irgendwann schlossen sich die Türen und die Kabine setzte sich in Bewegung. Mittlerweile war es zwei Minuten nach acht als sie aus dem Fahrstuhl trat und durch den Flur die große Glastür des Marketingunternehmens aufstieß. Mit großen Schritten eilte sie in ihr Büro, welches sie sich mit fünf Kolleginnen teilte. Luisa stellte ihre Tasche auf den Schreibtisch und machte sich auf zur Damentoilette. Mit einer großen Ladung Flüssigseife versuchte sie die Kettenschmiere von ihren Finger zu schrubben, welches nur mit Teilerfolgen gekrönt war. Sie gab diese Maßnahme nach wenigen Minuten auf und ging zurück ins Büro. Sie blickte zum Schreibtisch ihrer Vorgesetzte.

„Ist Frau Lehmkuhl schon im Meeting?", fragte sie die Kollegen.

Die rothaarige Diana sah zu ihr hoch.

„Ach, du hast es ja noch nicht mitgekriegt. Sarah Lehmkuhl ist krankgeschrieben. Sie hat gestern beim Einkaufen frühzeitige Wehen bekommen und ihr Frauenarzt musste ihr einen Ring setzen. Sie ist ab sofort im Mutterschutz."

Luisa schaut ratlos zu den anderen.

„Und wer ist jetzt im Meeting?", fragte sie in die Runde.

„Ich glaub' der Chef hat die Neue mit ins Gespräch genommen!"

Luisa griff sich einen Block und Kugelschreiber. Die Neue, war eine junge Kollegin, die seit zwei Wochen das Team unterstütze. Sie war frisch aus der Ausbildung gekommen. Luisa eilte aus dem Büro den Flur entlang, bis sie den Meeting Raum erreichte. Sie klopfte kurz an, bevor sie die Tür öffnete.

Drei Köpfe drehten sich in ihre Richtung.

„Ah, Frau Kemmer. Da sind sie ja." Dieter Richter, ihr Chef, stand auf und kam auf sie zu. Sein Blick war neutral und sie konnte daraus Nichts ableiten. Er reichte ihr die Hand, doch Luisa präsentierte ihre Handflächen und er zog die Begrüßung zurück.

„Kleiner Unfall, daher auch die Verspätung. Entschuldigen Sie!" Ihrer Erklärung folgte ein kurzer Husten. Der Kunde, Herr Bantel, seinerseits Geschäftsführer eines mittelständischen Röstereiunternehmens, nickte nur kurz und lächelte. Kira Ballack, die neue Kollegin, saß neben dem Kunden und lächelte vor sich hin.

„Frau Kemmer und Frau Ballack sind für ihr Projekt zuständig, da Frau Lehmkuhl für einen längeren Zeitraum ausfällt. Sie sind bei den Damen auch in guten Händen", pries ihr Chef seine Angestellten an.

„Soll ich nochmal kurz aufführen, um was für ein neues Produkt es sich bei dieser Kampagne handelt?", fragte Herr Bantel. Herr Richter nickte und der Kunde drehte sich zur Seite, bückte sich, hob einen kleinen Karton vom Boden und stellte ihn vor sich auf den Tisch.

„Das ist unser Produkt. Wir haben noch keinen richtigen Namen. Das wollten wir auch von Ihnen einfordern. Es handelt sich um …". Herr Bantel klappte die beiden Deckelseiten auf und brachte einen Kaffeebecher aus Weißblech zum Vorschein. Oben war der Becher mit einem Aludeckel, wie bei Joghurtbechern, versehen.

„…einen selbstaufbrühenden Kaffee!" Er reichte die Tasse Kira.

„Hier fassen Sie mal den Becher an! Er ist kalt, nicht wahr?"

Kira nickte und lächelte. Anschließend reichte sie den Becher weiter an ihren Chef. Und der daraufhin zu Luisa.

„ Aber, wenn Sie nun …", der Kunde forderte den Becher zurück.

„…die untere Ebene im Uhrzeigersinn drehen wird eine chemische Reaktion freigesetzt, die die obere Kammer nach kurzer Zeit erhitzt. In dieser Kammer befindet sich eine bereits vorgefilterte Kaffeemischung! So, nun nehmen Sie den Becher nochmal in die Hand, aber vorsichtig!"

Bei der zweiten Kaffeebecherrunde veränderte sich Kiras Gesichtsausdruck. Mit überschwänglicher Begeisterung hielt sie den Becher vor sich.

„Das ist ja der Wahnsinn!" Ihre langen Wimpern klapperten aufgeregt zu ihrem erstaunten Blick auf und ab.

Herr Bantel strahlte zurück und wirkte sichtlich stolz über diesen Überraschungseffekt.

„Das wird sogar richtig heiß!", sagte Kira und stellte den Becher auf den Tisch.

„Und dafür gibt es diesen integrierten Hitzeschutz!"

In der Bechermitte gab es einen weiteren Pappring, der, wenn man ihn ebenfalls im Uhrzeigersinn drehte, sich aufschob und entfaltete. Dieser Kranz war wie eine Manschette und verhinderte den direkten Kontakt mit der Becheraußenwand. Kira griff erneut zu und nutzte jetzt diese Sicherheitsvorkehrung.

„Der Hammer!", kam es über ihre Lippen.

„Und wann ist der Kaffee fertig?", fragte Dieter Richter.

„Eigentlich bereits nach wenigen Sekunden. Das Tolle daran ist, dass die chemische Reaktion eine gute halbe Stunde anhält. Somit wird der Kaffee auch über diesen Zeitraum heiß gehalten."

Kira reichte den Becher weiter.

„Jetzt hat der Nutzer die Möglichkeit den Deckel entweder nur ein kleines Stück aufzureißen. So wie es viele mit Mehrwegbecher fürs Auto anwenden, damit bei Bewegung nicht der ganze Inhalt verschüttet wird. Oder aber den ganzen Deckel abzureißen, um das ganze Aroma zu genießen."

Herr Bantel präsentierte beide Optionen bei seiner Erklärung und hielt Herrn Richter anschließend den dampfenden Becher hin.

„Und er schmeckt außerdem noch!"

„Na, mal sehen", sagte der Marketingchef und pustete in den Becher.

Er nahm einen Schluck, schürzte die Lippen und nickte beeindruckt.

„Haben Sie noch mehrere Exemplare, die sie uns zur Verfügung stellen können?", fragte Luisa und blickte dabei schreibbereit auf ihren Block.

„Ähh...", der Kunde schaute zu seinem Karton. „...ich habe nur einen Becher mitgebracht!"

„Das ist in Ordnung. Vielleicht können Sie uns diesen hier und noch fünf weitere Exemplare vorbeibringen lassen?" Luisa war jetzt in ihrem Geschäftsmodus und arbeitete ihre innere Liste ab.

„Sollen wir ein Konzept für Print- sowie TV- Werbung erstellen, mit Zeit- und Kostenplan der Idealfernsehzeiten und Zeitschriftenauswahl?"

Herr Bantel nickte nur stumm und sah zu Luisas Chef. Luisa bemerkte den unsicheren Blick und begann ihre Erklärung, immer noch mit gesenktem Kopf auf den Schreibblock.

„Wir erstellen Ihnen für Ihr Produkt eine entsprechende Kampagne und geben Ihnen Vorschläge, wie wir Ihre Zielkundschaft mit geeigneten Printmedien und Fernsehsendern am effektivsten ansprechen können. Zu dieser Übersicht erhalten Sie einen geschätzten Kostenplan für die jeweiligen Zeitschriften nach Größe der Anzeigen und auch für die jeweiligen Fernsehsender nach Spotlänge und Uhrzeiten."

„Ja, das wäre super!", gab Herr Bantel von sich.

Kira strahlte über das ganze Gesicht und griff sich den Becher. Ein gemeinsames Aufstehen der Teilnehmer signalisierte das Ende des Termins und man verabschiedete sich per Handschlag. Herr Richter versprach dem Kunden einen fertigen Kampagnenplan in den nächsten vierzehn Tagen. Luisa eilte voran und steuerte ihr Gemeinschaftsbüro an. Kira war noch bei dem Kunden und begleitete ihn den Flur entlang zum Ausgang. Man hörte dabei öfter ihr Kichern. Nach einer kurzen Weile kam sie ebenfalls ins Büro, ließ sich auf ihren Stuhl fallen und schnaufte erschöpft.

„Das wird nicht leicht, ist aber ein tolles Produkt, nech?"

„Ja, das Gute daran ist, dass es kein Allerweltsprodukt ist! Hier kann man mit der eigentlichen Funktion werben und muss nicht etwas hervorheben, was die anderen Produkte scheinbar nicht haben!", antwortete Luisa.

Luisa war im Moment planlos. Sie war gewohnt, von Sarah Lehmkuhl einen Aufgabenbereich zugeteilt zu bekommen. Nun jedoch musste sie die notwendigen Aufgaben selektieren, priorisieren und verteilen. Was war als erstes zu tun?

„Ich geh' erst mal Rauchen", sagte Kira, kramte in ihrer Handtasche und förderte eine Schachtel zu Tage.

„Melanie, kommst du mit, eine rauchen?", rief sie durch das Büro und kurz darauf verschwanden die beiden Frauen auf die Terrasse.

Der Vor- und Nachmittag verlief schleppend. Es ging darum, eine passende Marketingidee zu dem Produkt zu finden. Alle weiteren Maßnahmen waren Routine. Die Kostenpläne konnte man aufgrund älterer Referenzkampagnen ableiten. Hier wäre nur die Aktualisierung zu erfragen, aber im Großen und Ganzen handelte es sich um dieselben Abläufe. Luisa war in diesem Zweierteam die Betriebsältere und somit verantwortlich. Dennoch war sie mehrmals versucht, bei Sarah Lehmkuhl privat anzurufen und einen möglichen Ablauf zu erfragen. Ihr erschien jedoch die Kernbotschaft des Produktes zu finden, als das Wichtigste. Also ging es als erstes in die Ideenschmiede.

„Wollen wir nach draußen auf die Terrasse? Dort wird man nicht von dem Telefon und den Stimmen der Anderen abgelenkt?", fragte Kira.

„Okay. Vielleicht ist das ganz gut!"

Draußen angekommen nahmen sie auf den Chill-Out Möbeln Platz und Kira steckte sich als erstes eine Zigarette an. Im nächsten Moment ging die Tür auf und zwei Kolleginnen kamen heraus, um ihre Raucherpause zu genießen.

„Hi Kira, du hast ja eine schöne Bluse an?", begann die Konversation, schlug anschließend in aktuelle Bademode um und setzte sich mit dem überraschenden Mutterschutz von Sarah Lehmkuhl fort. Luisa starrte auf ihren leeren Block vor sich. Nach einer weiteren Viertelstunde und etliche neuen Themen stand Luisa auf und deutete Kira, dass sie wieder ins Büro zurückging. Kira lächelte, nickte und holte eine neue Zigarette aus der Schachtel. Die beiden Frauen sahen sich erst kurz vor Feierabend wieder.

„Was für 'n langer Tag, was?" Kira warf ihren Block auf den Tisch.

Luisa hob den Kopf und fragte gleich. „Hast du 'ne Idee?"

Ihre Arbeitskollegin fuhr sich mit der Hand durch das Haar, hob den Block und begann zu erzählen.

„Also, ich hatte mir gedacht, dass mehrere junge Leute mit 'nem Cabrio an 's Meer fahren und dort bei lauter Musik eine Party feiern. Dabei halten alle diesen Kaffeebecher in der Hand und tanzen."

„Und rauchen dabei, zwei bis dreizehn Zigaretten!", dachte Luisa.

„Ich weiß nicht, ob dass die richtige Zielgruppe ist?", gab sie von sich.

„Unsere Zielgruppe sind Personen Mitte bis Ende Dreißig bis Fünfzig, Berufstätige mit mittlerem bis gutem Einkommen. Sowohl Singles als auch Familienmenschen! Diese Menschen sollten in dem Spot oder der Printanzeige als Werbeträger eingesetzt werden. Kaffee ist kein Partygetränk. Kaffee wird zum Wachmachen sowie als Genussmittel zum Frühstück oder Kuchen gereicht. Es ist ein Getränk der Etikette, welches bei Veranstaltungen, Meetings oder Einladungen angeboten und serviert wird. Über sechzig Prozent der Deutschen konsumieren Kaffee. Wir sollten versuchen, Situationen darzustellen, in denen die Zielgruppe sich wiederfinden kann. Situationsbedingt als auch emotional ansprechend."

Kira saß ihr mit großen Augen gegenüber und lauschte.

„Ich habe mir Folgendes gedacht, dass man eine eigentlich ungemütliche Situation darstellt, wie morgens in einem klammen Zelt aufzuwachen, oder in einer vollen S-Bahn sitzt, im Wartezimmer, oder einer Behörde mit einer gezogenen Nummer, die endlos lange Wartezeit darstellt. Dann schließen die Protagonisten die Augen, drehen an der Dose, öffnen sie und beim ersten Schluck fühlen sie sich wie zu Hause, in Ruhe am Frühstückstisch sitzend, oder beim nachmittäglichen Kaffee."

Luisa holte einige selbst entworfene Skizzen und Szenenausschnitte aus der Mappe vor sich und präsentierte sie Kira, die sie nacheinander betrachtete. Hier war eine Handskizze über das Innere eines U-Bahnwaggons, gefüllt mit etlichen Insassen. In der Mitte saß ein Mann im Anzug mit zerzausten Haaren und einer herunter gezogenen Krawatte. Er hielt das Produkt in der Hand, hatte die Augen geschlossen und grinste. Auf den anderen Skizzen war die Person immer an der gleichen Stelle positioniert, allerdings in anderen Räumlichkeiten, gesäumt von Chaos oder weiteren Passanten. Die Person hatte jedoch immer den gleichen Gesichtsausdruck. Glücklich und entspannt.

„Ich dachte mir, mit dem Coffee to go, den man nicht irgendwo heiß kaufen und ihn dann solange wie möglich warmhalten muss, kann man sich hiermit zu jeder Zeit eine »Auszeit« nehmen. Man hat an all' diesen Orten die Möglichkeit, die Augen zu schließen und kann sich vorstellen, dass man an einem entspannten Ort ist und einen frisch aufgebrühten Kaffee trinkt."

Kira nickte stumm und gab Luisa das wohlige Gefühl, dass sie eine mögliche Strategie kreiert hatte. Jetzt lächelte sie und nahm die Skizzen wieder an sich.

„Oh, so spät schon. Ich will los. Morgen können wir ja dann mit dem Zeichner sprechen, der soll uns das schöner und bunter darstellen. Außerdem können wir dann gleich mit den Kostenplan anfangen", sagte Luisa und schnappte sich ihre Tasche.

„Ja, alles klar. Ich glaube, dass wird toll!", antwortete Kira. „Wir werden die Lehmkuhl noch überholen!"

Luisa blickte etwas verwundert, hob die Hand und verabschiedete sich von ihrer Kollegin.

Als sie zu Hause ankam, begrüßte sie schon Theodor, der ihr um die Beine strich.

„Du hast doch nicht mich vermisst, sondern nur den Inhalt deines Napfes!"

Luisa hielt sich die Hand vor den Mund und hustete erneut, bevor sie in die Küche ging und dem Kater den Rest des Nassfutters gab. Sie freute sich schon auf ein heißes Wannenbad. Daher fiel ihr Abendessen spärlich aus und bestand nur aus zwei Schwarzbrotscheiben. Eine knappe halbe Stunde später rutschte sie langsam in den Badeschaum und schloss die Augen. Das Wasser war so heiß, dass ihr Kopf glühte und Schweiß an ihrer Stirn runterlief. Die ätherischen Öle im Badewasser stiegen im Dampf auf und Luisa spürte die Wirkung in ihren Nasenflügeln und Lungen. Sie nahm sich ihr Buch vom Beckenrand und tauchte wenige Sekunden später in den packenden Thriller ein. Seite um Seite wurde sie vom Protagonisten mitgenommen, doch bald schon musste sie einige Sätze zweimal lesen, da ihre Lider schwerer und die einzelnen Wörter vor ihren Augen immer undeutlicher wurde. Sie legte das Buch auf den Beckenrand und quälte sich aus der Wanne. Sie schnappte sich den Bademantel, warf ihn schnell über und schlenderte ins Schlafzimmer. Ohne die Decke aufzuschlagen, fiel sie auf die Matratze und war Sekunden später bereits eingeschlafen.

Es war bereits dunkel, als Luisa wieder erwachte. Sie schaute auf den Wecker. Es war eine Viertelstunde vor Mitternacht und ihre Kehle verlangte etwas zu Trinken. Sie rappelte sich auf und ging im Dunkeln durch den Flur zur Küche. Sie vermied dabei das Licht anzuschalten und tastete sich zum Kühlschrank. Das

Kühlschranklicht, welches beim Öffnen ansprang, befahl ihren Augen Schlitze zu formen, während sie eine Wasserflasche aus der Tür nahm. Drei große Schlucke brachten den Durst zum Stillen und sie schlich wieder den Flur entlang. Auf Höhe des Badezimmer blieb sie stehen und betrat den Raum, ebenfalls ohne das Licht zu betätigen. Sie schob den Ärmel des Bademantels hoch, tauchte die Hand ein und zog den Stöpsel der Wanne. Der Geruch des Badezusatzes erfüllte immer noch den ganzen Raum. Luisa war bereits zu Tür raus, als sie nochmal umdrehte und den Roman mitnahm. Ein paar Seiten wollte sie sich noch gönnen, bevor sie erneut einschlief. Sie verließ das Badezimmer und ließ die Tür offen, damit die Luftfeuchtigkeit sich verteilen konnte. Sie war jetzt wieder im Flur auf dem Weg zum Schlafzimmer. Auf einmal durchzog sie ein starker Schmerz an der Stirn, der anschließend auch den Oberkörper traf. Ihr Lauf wurde abrupt gestoppt, als sie ungebremst gegen eine Tür prallte. Dieser Schlag war so stark und überraschend, dass sie nach hinten geschleudert wurde und das Gleichgewicht verlor. Ihre Arme versuchten den Sturz abzufangen, wobei sie mit der linken Hand die Schlüsselschale vom Garderobenschrank riss. Das Buch flog durch die Luft und landete, nachdem sie rücklings auf dem Laminat des Flurs fiel, auf ihrer Schulter. Luisa griff reflexartig an ihre Stirn, da sie dort der erste und härteste Schlag traf. Ihr Kopf schmerzte und sie merkte, wie sich zwischen Haut und Schädeldecke eine Beule bildete. Gegen was war sie denn gestoßen? Die Türen gingen alle vom Flur ab und schwenkten in die jeweiligen Räume. Es war zwar dunkel, aber ihre Augen hatten sich an die geringen Lichtverhältnisse gewöhnt und sie konnte alle Möbel im Flur schemenhaft erkennen. Da war nichts im Weg. Luisa stand langsam auf und betätigte den Lichtschalter. Die LED Strahler leisteten sofort ihren Dienst und erhellten den Flur. Noch während die Augen sich an die Helligkeit gewöhnten, starrte Luisa auf den Bereich, der sie eben so abrupt aufgehalten hatte. Nichts. Da war nichts. Der Flur lag vor ihr, wie immer. Links war das Highboard, darüber der Spiegel und daneben die Garderobe mit den vier Haken. Auf der gegenüberliegenden Wand hingen nur zwei Bilder. Eine Collage mehrerer Fotos hinter Glas von einem weißen Rahmen gesäumt. Dieses Bild hatte ihr Bruder mit seiner Familie erstellt und ihr zu einem Weihnachtsfest geschenkt. Daneben hing das Bild einer Hängebrücke, die scheinbar endlos in einem dichten Regenwald verschwand. Zwischen diesen beiden Wänden war der freie Gang, von dem rechts das Schlafzimmer und nach drei weiteren Metern die Tür zum Wohnzimmer abging. Sie war gegen irgendetwas Hartes geprallt, es fühlte sich nach einer Tür an, die leicht nachgegeben und ein hölzernes Geräusch verursacht hatte, aber da war keine Tür. Wieder berührte sie ihre Stirn und nun begann die Beule heiß zu werden und zu pochen. Auch ihre Schulter machte sich bemerkbar. Luisa streckte die Hand vor sich und schritt langsam durch den Flur. Schritt für Schritt näherte sie sich dem Ende des Flurs und berührte die Wohnzimmertür. Diesmal war kein Hindernis zu spüren. Sie drehte sich um und schritt auf gleiche Art wieder zurück zur Küche. Als sie dort ankam, schaltete sie das Licht ein und holte aus dem Tiefkühlfach des Kühlschranks einen Kühlakku, den sie sich vorsichtig vor die Stirn hielt. Sie ging wieder in den Flur und betrachtete erneut die Stelle. Danach sah sie zum Lichtschalter und drückte ihn. Das Licht erlosch augenblicklich. Luisa hob die Hand vor sich und marschierte ein weiteres Mal vorsichtig durch den Flur. Sie erreichte gefahrlos das Wohnzimmer. Luisa konnte es sich nicht erklären, ging immer noch mit langsamen Schritten zurück, losch auch das Licht in der Küche und ging dann ins Schlafzimmer. Alle nachfolgenden Wege durch den Flur hatten keine ungewöhnlichen Stopps mehr verursacht und so legte sie sich zurück ins Bett. *„Ich muss gegen eine der anderen Türen gelaufen sein"*, dachte sie bevor sie einschlief.

Der nächste Morgen begann wie jeder andere. Wieder mal ertönte das Wecksignal aus dem kleinen Gerät und Luisa drückte die Snoozetaste. Durch die Drehbewegung berührte ihre Stirn das Kissen und der Schmerz durchzog ihren Körper. Reflexartig griff sie zur Beule, die trotz gestriger Kühlung immer noch ein gewaltiges Ausmaß angenommen hatte. Es war also kein Traum gewesen. Sie schmiss die Decke beiseite und trottete schlaftrunken ins Badezimmer. Ein Blick im Spiegel verriet ihr, dass mit Abdeckcreme zwar die leichte Färbung zu überdecken möglich wäre, die Wölbung selber jedoch nicht zu verstecken war. Luisa versuchte durch einen Seitenscheitel die Beule mit einigen Locken zu verdecken, was ihr für einen kurzen Moment gelang. *„Jetzt nur nicht den Kopf bewegen"*, dachte sie.

Als sie den Bademantel über ihre Schulter gleiten ließ, wurde auch der blaue Fleck auf ihrer Schulter sichtbar und sie streichelte darüber. Zum Glück hatte sie heute nicht vor, ihr schulterfreies Carmen Top zu tragen. Sie wusch sich und bereitete anschließend ihr Frühstück zu. Der morgendliche Ablauf war wie jeder andere Morgen auch. Nur das sie dieses Mal eine Schmerztablette gegen den leichten Kopfschmerz einnahm. Kurz vor sieben stellte sie ihre Müslischüssel in den Geschirrspüler, als sie plötzlich ein Räuspern hörte. Es war ein männliches Räuspern. Luisa zuckte zusammen und sah erschrocken zur Tür. Theodor war im selben Moment aufgesprungen und in den Flur verschwunden. Luisa zog die Besteckschublade auf und nahm das große Brotmesser aus dem Messerfach. Sie traute sich nicht zu atmen, während sie langsam in den Flur schritt. Ihre Stimme versagte anfangs und so drang nur ein krächzendes, „Hallo" aus ihrer Kehle. Sie startete einen neuen Versuch.

„Hallo?"

Langsam lugte sie mit ihrem Kopf in den Flur. Theodor war bereits in einem anderen Raum verschwunden. Der Flur war leer. Schritt für Schritt schlich sie aus der Küche. Ihre Hände zitterten und sie spürte, wie der Messergriff von einem Schweißfilm umschlossen wurde. Sie erkannte die Wohnungstür, die geschlossen und auch mit der Verriegelungskette gesichert war. Wenn sich jemand Zutritt zu ihrer Wohnung verschafft hatte, dann durch einen anderen Raum. Luisa wollte nicht weitergehen. Vielmehr wollte sie jemanden anrufen, der ihr half, aber wer sollte um sieben Uhr morgens zu ihr kommen.

„Wer ist da?", folgte ihre Frage in die anderen Räume. Doch es kam keine Antwort. Vorsichtig schob sie die Tür zum Badezimmer auf und streckte als erstes das Messer in den Raum, damit der Eindringling erkennen konnte, dass er kein leichtes Spiel mit ihr hatte. Die Tür schwang auf und präsentierte ihr ein leeres Bad. Das Zittern wurde immer stärker und jetzt rann ihr Schweiß den Nacken herunter und wurde teilweise durch den Kragen ihres Pullovers gestoppt. Ihr Körper glühte und sie hätte sich am liebsten aus dem Oberteil geschält. Mittlerweile erreichte sie das Schlafzimmer. Die Rollläden waren noch runtergelassen und so konnte sie wenig erkennen. Mit der linken Hand tastete sie nach dem Lichtschalter und kurz darauf wurde der Raum lichtdurchflutet. Luisa rechnete damit, dass sich jemand duckt oder auf sie zu gerannt kam. Aber auch hier bewegte sich nichts. Sie schaute vorsichtig unter das Bett und in die Schränke, in denen jedoch nur Theodor Zuflucht gesucht hatte. Der letzte mögliche Raum war ihr Wohnzimmer. Sie nahm nochmal ihren ganzen Mut zusammen und steuerte diesen Raum an. Diese Tür war, wie immer, offen. Hier zog sie die Rollläden nie herunter und so konnte sie sofort in den Raum schauen. Leer. Als einzige Versteckmöglichkeit wäre der Sessel gewesen und somit trat sie auf ihn zu und sah dahinter. Hier war auch niemand. Sie hatte das Räuspern jedoch ganz deutlich gehört und sich nicht eingebildet. Außerdem war Theodor aufgrund dessen geflüchtet. Luisa ging in die Küche zurück und schaute sich um. Die Fenster waren geschlossen, so dass hier keine Stimmen eindringen konnten. Das Haus besaß keine Klima- oder Belüftungsanlage, durch die Stimmen aus anderen Wohnungen zu hören gewesen wären. Sie legte das Messer zurück in die Schublade und sah auf die Uhr. *„Verdammt schon zehn nach sieben!"* Schnell entledigte sie sich des Pullis und ging ins Bad. Nach einer schnellen Wäsche zog sie einen neuen Pullover an, schnappte sich ihre Tasche und eilte aus der Wohnung.

Sie rannte die Treppen herunter und war mit den Gedanken immer noch in ihrer Wohnung. *„Die Stimme war so deutlich und präsent gewesen!"* Luisa nahm zwei Stufen gleichzeitig und erreichte nach wenigen Sekunden die Haustür. Der erste Bus war schon weg und der Verkehr war noch dichter als sonst. Sie schob sich durch die stehenden Fahrzeuge und erreichte kurz darauf die Bushaltestelle. Die Fahrt mit dem Bus war entspannter, da wesentlich weniger Fahrgäste zu dieser Zeit unterwegs waren. Doch Luisa bemerkte es gar nicht. Sie hörte immer wieder dieses Räuspern. *„Wenn jemand sie erschrecken wollte, warum hat er dann nicht ihren Namen gesprochen oder einfach nur ein Geräusch verursacht. Ein Räuspern war doch so nichtssagend. So unspektakulär. Vielleicht ja gerade deswegen!"* Ihre Gedanken schwirrten immer wieder um diesen Moment, so dass sie fast ihre Haltestelle verpasst hätte. Sie sprang auf und drückte sich durch die sich schließende Doppeltür des Busses. Die Türen wankten nach ihrem Gegendruck und öffneten wieder in der gleichen langsamen Druckluftpneumatik, während sie schon auf dem Gehsteig war und zu dem Firmengebäude eilte. Es war zehn vor acht. Sie war immer noch in der Zeit, jedoch nur mit zehn Minuten Vorlauf. Das machte sie nervös. Mit schnellen Schritten überquerte sie den Vorhof und den Empfang. Als sie den Flur zu ihrem Büro durcheilte, hörte sie die Stimme von Dieter Richter ihren Namen rufen. Luisa drehte um und steuerte das Büro ihres Chefs an. Die Tür stand offen.

„Frau Kemmer!", folgte der zweite Ruf von Herrn Richter, während Luisa ihren Kopf in sein Büro streckte.

„Guten Morgen, Herr Richter!"

„Guten Morgen, Frau Kemmer. Kommen Sie rein!" Herr Richter stand kurz auf und deutete auf den Stuhl ihm gegenüber.

„Ich habe gestern Abend noch mit Frau Ballack gesprochen. Da waren sie schon im Feierabend."

Der kleine Nebensatz ärgerte Luisa, doch sie hörte unbeeindruckt zu.

„Sie hatte mir kurz ihre Einfälle für das Produkt von Herrn Bantel mitgeteilt. Die sind genial. Man merkt schon, dass frisches Blut von der Uni, gut für unser Unternehmen ist. Die sind unvoreingenommen und haben einfach ganz andere Ideen."

„Was für eine Idee hat Ihnen Frau Ballack denn vorgestellt?", wollte sie wissen und musste anschließend wieder husten.

„Sie entwickelte Protagonisten, die mit diesem Produkt eine Art Inselsituation erschaffen können. Zum Beispiel zeigte sie mir eine Skizze, bei der der Protagonist in einer vollbesetzten U-Bahn sitzt, umgeben von vielen Insassen und er durchs Öffnen des Bechers alles ausblendet und sich mental an einen Wohlfühlort transportiert."

Luisa kniff leicht die Augen zu, während sich ihr Kopfschmerz zurückmeldete.

„Ich glaube, das wird ganz toll. Frau Ballacks Ideen gekoppelt mit Ihren Erfahrungen zu Kostenplänen, das wird ein super Gesamtkonzept. A new dreamteam is born!" Herr Richter lächelte sie an.

„Ich hoffe, wir bekommen den Auftrag!", gab Luisa emotionslos von sich.

„Da bin ich fest von überzeugt. Frau Lehmkuhl kann sich beruhigt auf ihren Nachwuchs konzentrieren. Sie hat ebenbürtige Nachfolger geschaffen."

Eine Stille trat ein, in der Dieter Richter und Luisa sich ansahen. Luisa zog ihre Brauen hoch und drehte leicht den Kopf.

„Haben wir noch was?", fragte sie anschließend.

„Nein, das war's. Ab an die Arbeit!"

Luisa drückte sich aus dem Stuhl, schob ihre Hängetasche gerade und ging zur Tür.

„Äh, Frau Kemmer. Was haben Sie da eigentlich an der Stirn?"

„Das kommt vom zu viel Nachdenken. Da brauchen die Gedanken mehr Platz!"

Ihr Chef schaute verdutzt.

„Kleiner Unfall, bin irgendwo gegen geknallt!", kam als Wahrheit hinterher.

„Und wo gegen?"

Ja, das war die Frage!

„Es war gestern Nacht im Dunkeln. Ich kann es nicht genau sagen, aber scheinbar, war da was!"

„Würde ich auch sagen. Gute Besserung, auf jeden Fall!"

Luisa nickte und verließ das Büro ihres Chefs. *„Diese blöde Kuh, hat nichts zustande bekommen und verkauft meinen Einfall als ihre Idee!".* Die Kopfschmerzen gewannen an Intensität. Sie hätte die Wahrheit über ihr Ideenurhaberrecht ansprechen sollen, aber wie hätte das geklungen. Der Chef hatte ein gutes Gefühl, dass eine sichere Nachfolge für Sandra Lehmkuhl gewährleistet ist. Das wollte sie erhalten, alles andere musste intern geklärt werden. Luisa stampfte unbewusst über den Flur und erreichte ihr Büro. Kira stand bei Claudia an der anderen Tischgruppe und schaute kurz hoch, als Luisa an ihrem Schreibtisch Platz nahm. Augenblicklich beendete sie das Gespräch und kam herüber.

„Der Chef ist begeistert von unserer Marketingstrategie!", gab sie mit einem strahlenden Lächeln von sich.

„Du hattest sie gleich dem Chef vorgestellt?"

„Er kam gestern noch rein und fragte, wie 's läuft."

Luisa sah Kira fragend an und schüttelte langsam den Kopf.

„Und du hast was erzählt?"

„Ich hab' ihm unsere Print- und Videosituationen vorgestellt und sie anhand der Skizzen erklärt!"

„Und du hast ihm gesagt, dass das deine Einfälle gewesen waren?"

„Unsere, ich sagte unsere!"

„Richter erzählte mir gerade, dass das ausschließlich deine Einfälle waren!", konterte Luisa.

„Dann hat er das bestimmt falsch verstanden! Ich habe ihm das als unsere Strategie vorgestellt!"

In Luisa brodelte es. Die Kopfschmerzen hämmerten gegen ihre Schläfen und irgendetwas schnürte ihr die Kehle zu. Sie hatte erwartet, dass Kira dieses Missverständnis vielleicht beim Chef aufklären würde, aber das würde wohl nicht ohne ihre Aufforderung erfolgen. Aber sollte sie das einfordern? Das wird bei Richter eher als Zickenkrieg rüberkommen und sein Bild vom Dreamteam erschüttern.

„Was hast du denn da an der Stirn?", fragte Kira.

Luisa schloss die Augen und atmete ruhig ein und aus.

„Das sieht ja schlimm aus!"

„Bin gegen ein Regal gelaufen", kam über ihre Lippen, während sie in ihrer Handtasche nach weiteren Schmerzmitteln suchte. Sie hatte auf einmal keine Lust mehr, heute zu arbeiten. Sie hatte keine Lust, mit dieser Person zu arbeiten. Aber ihr Chef verließ sich auf sie. Mit einer schnellen Bewegung beförderte sie die Tablette in den Mund. Da keine Wasserflasche auf ihrem Tisch stand, schluckte sie die Medizin so herunter und schmeckte sogleich, den bitteren Geschmack in ihrer Kehle.

„Okay, was machen wir als nächstes?", fragte Kira.

Luisa atmete geräuschvoll ein.

„Such' mal die Projektunterlagen vom Kunden Hoecker raus. Da hatten wir ungefähr die gleiche Zielgruppe und können die Kostenaufstellung als Vorlage nutzen!"

„Alles klar!"

Der Tag verlief zäh und langwierig. Luisa fühlte einen großen Klumpen in ihrer Magengrube. Sie war einsilbig und monoton in ihren Gesprächen mit den Kollegen. Dennoch beendete sie erst gegen halb sechs ihren Arbeitstag, da sie unbedingt nach Kira das Haus verlassen wollte. Richter fing sie beim Verlassen nicht auf dem Flur ab, um sich nach dem aktuellen Stand zu erkundigen. Eine halbe Stunde später war sie zuhause und immer noch schlecht gelaunt. *„Was für ein beschissener Tag!"* Ihr Hunger begünstigte noch ihre schlechte Laune und so ging sie direkt in die Küche und öffnete das Tiefkühlfach in ihrem Kühlschrank. Dort war ein Pfannengericht gelagert. Sie holte es raus, nahm eine Pfanne und gab Öl hinein. Auf der Arbeitsplatte unterhalb des Gewürzregals stand noch eine geöffnete Flasche Merlot. Mit schnellen Handgriffen holte sie ein Rotweinglas aus dem Hänge-schrank und füllte es. Langsam begann das Öl zu zischen. Sie wollte ihre Gedanken von der Arbeit aus dem Kopf bekommen und schaltete das Küchenradio ein. Einer ihrer Lieblingssongs von den Söhnen Mannheims lief gerade und sie stimmte sofort mit ein.

„Denn nur damit du Liebe empfängst. Durch die Nacht und das dichteste Geäst, damit du keine Ängste mehr kennst!" Luisas Laune verbesserte sich und sie schüttete nun die Tiefkühlkost in die Pfanne. Sofort begann es zu zischen, als die kleinen Eiskristalle sich mit dem heißen Öl vermischten.

„Dieses Lied ist nur für dich …". Die folgende Zeile fiel ihr nie ein. Irgendwie passte die nicht so zur vorherigen Zeile. Also wartete sie bis sie wieder textsicher einsetzten konnte.

Auf einmal hörte sie ganz deutlich eine Männerstimme.

„…schön, dass sie dir gefällt."

Luisa drehte sich sofort um. Diesmal hielt sie den Pfannenwender vor sich. Theodor rannte erneut panisch aus der Küche. *„Was ist hier los?"*

„Wer ist da?", krächzte sie heraus. Ihre Stimmbänder verweigerten ihren Dienst.

Erneut begann ihr Körper zu glühen. Hatte sie heute Morgen die Zimmer nicht richtig durchsucht? War der Eindringling immer noch in ihrer Wohnung? Sie nahm die Pfanne von der Herdplatte, sodass sie sich mit beiden Händen wehren könnte und fragte nochmal, während sie in Richtung Flur schlich.

„Ist da jemand?"

„Äh, wo da?" erhielt sie als Antwort. Die Stimme war so deutlich, als ob die Person direkt vor ihr stand.

Eine Gänsehaut überzog Luisas Körper und sie wich zurück. Warum kann sie denn niemanden sehen?

„Wo sind Sie? Kommen Sie raus!"

Die noch zischende Pfanne zitterte in ihrer Hand. Sie war bereit, der Person ihre noch halb tief gefrorene Pfannenmahlzeit entgegen zu schleudern.

„Wo soll ich rauskommen? Wo sind Sie denn?", kam als Antwort. Die Stimme klang ebenfalls verunsichert, jedoch wesentlich ruhiger als ihre.

„Verarschen Sie mich nicht!"

„Es tut mir leid, das habe ich nicht vor. Aber Sie sind doch irgendwie bei mir eingedrungen!"

Mittlerweile war Luisa in den Flur getreten und Schritt für Schritt zum Badezimmer vorgedrungen. Immer noch mit Pfannenwender und Gemüsepfanne bewaffnet. Mit dem rechten Fuß drückte sie die angelehnte Badezimmertür auf. Die Tür schwang auf und Luisa konnte hineinschauen. Der Raum war leer. Jedoch konnte sie nicht hinter die Tür schauen.

„Ich wohne hier. Wenn einer eingedrungen ist, dann Sie!"

Sie nahm ihren ganzen Mut zusammen und rannte ins Badezimmer, um sich dort schnell zu drehen und dem möglichen Eindringling gegenüber zu stehen. Doch hinter der Tür war niemand.

„Wo suchen Sie denn überhaupt? In meinen Temporallappen?", hörte sie die Stimme lachend sagen.

Obwohl Luisa jetzt in einem ganz anderen Raum stand, war die Stimme genau so präsent wie in der Küche. Sie war glasklar und deutlich. Daher schaute sie sich um, ob sie irgendwo aus einem Lautsprecher kam!

„Was soll der Blödsinn? Also, wo sind Sie?" Luisa war mittlerweile wieder im Flur und auf dem Weg Richtung Schafzimmer.

„Warum schreien wir uns eigentlich an? Wir können doch vernünftig miteinander reden!", kam der Vorschlag der Männerstimme. Immer noch so deutlich und keiner Wohnungsecke zuzuordnen.

Das Küchenradio war noch eingeschaltet und kündigte die volle Uhrzeit und somit die Nachrichten an. Während die Stimme des Nachrichtensprechers sich aufgrund ihrer Suche immer weiter entfernte, ertönte die Männerstimme abermals überdeutlich.

„Na, haben Sie schon etwas gefunden?"

Jedes Mal zuckte Luisa zusammen, da es so überraschend kam, als ob ihr jemand die Hand auf die Schulter legte. Sie war mittlerweile im Schlafzimmer, schwieg jedoch einen Moment, während sie unter dem Bett nachsah und anschließend die Schranktüren öffnete. Wiedermal lag Theodor verstört auf ihrem Pullover Stapel, doch dieses Mal starrte er sie mit aufgerissenen Augen an. Der Geruch der kurz angebratenen Gemüsepfanne hätte ihn sonst neugierig gemacht, doch das ließ ihn im Moment völlig kalt. Luisa schloss die Schranktür wieder.

„Hallo? Sind Sie noch da?"

Wiedermal erschrak Luisa und drehte sich um. Der Flur war immer noch leer. Sie wollte ihm nicht mehr antworten und verriet dadurch dem Mann zumindest auch nicht ihren Standort. Sie war wieder im Flur und steuerte das Wohnzimmer an. Das war der letzte Raum.

„Hey. Seien Sie doch nicht böse. Ich habe Ihnen doch nichts getan!", klang die Männerstimme ruhig und fast reumütig.

Die offene Wohnzimmertür präsentierte Luisa den gleichen Anblick wie heute Morgen. Kein Besucher weit und breit. Wieder nur der Sessel als allerletzte Versteckmöglichkeit.

„Kuckuck!", kam erneut ein Ausruf zu ihr gedrungen.

Sie trat langsam um den Sessel herum und senkte anschließend den Pfannenwender. *„Was stimmt nicht mit mir?"*, fragte sie sich in Gedanken. *„Vielleicht erlaubt sich ja einer einen Scherz mit mir!"* Sie überlegte, wo sie ihr Handy abgelegt hatte und eilte in die Küche, immer noch bereit jemanden die Pfanne spüren zu lassen, wenn es sein musste.

„War es das schon?", hörte sie wieder die Stimme fragen.

Luisa beförderte die Pfanne auf den Herd und stellte die Herdplatte aus. Ihr Handy lag auf der Arbeitsplatte neben der Weinflasche. Schnell wischte sie über das Display, bis sie die gewünschte App fand und aktivierte sie. Sie legte das Handy vor sich auf den Küchentisch und nahm auf einen der Küchenstühle Platz. Ihr Herz raste immer noch, doch sie wollte es testen. Luisa griff nach ihrem Glas und nahm einen kleinen Schluck.

„Ich habe Sie nicht gefunden!", teilte sie der Stimme mit.

Eine halbe Stunde später saß Luisa immer noch auf ihrem Küchenstuhl, doch jetzt kamen keine Antworten mehr. Sie stellte nochmal ihre letzte Frage:

„Hallo, war's das jetzt? Sind wir durch mit dem Spielchen, oder kommt da noch was?"

Stille. Sie hörte nur die Musik aus ihrem Küchenradio, welches sie mittlerweile auf leise Hintergrundlautstärke reduziert hatte. Die digitale Zeitanzeige auf ihrem Handy rannte vor sich hin, bis sie mit einem Fingerdruck, die Zeit anhielt. Ihr Weinglas war leer. Sie stand auf und füllte den Rest der Flasche nach. Das Glas füllte sich über den imaginären Knigge-Eichstrich eines Rotweinglases. Audiodatei speichern unter, stand als Frage auf ihrem Handydisplay. Zur Auswahl standen: interner Speicher oder SD- Karte. Luisa nahm die SD-Karte und wartete auf die Möglichkeit, die Datei zu öffnen und abzuspielen. Sie erhöhte die Lautstärke der Medienwiedergabe, bis der rote Punkt am Ende der Skala angelangt war.

Sie hörte leise Musik und dann ihre Stimme:

„Ich habe Sie nicht gefunden!"

Stille.

„Ich weiß nicht, was Sie damit bezwecken wollen? Wollen Sie mir Angst einjagen? Dann herzlichen Glückwunsch!"

Stille.

„Okay. Aber was wollen Sie von mir?"

Stille. Luisa drehte ihren Kopf und näherte sich mit dem Ohr ihrem Handy.

„Was soll das heißen, mit, -ich habe Sie ja wohl ausgesucht-
""?"

Stille. Luisa drückte die Pausetaste und lehnte sich verwirrt zurück. Sie hatte eine Vermutung, die nun in sich zusammengefallen war. Luisa konnte sich an eine Geschichte ihres Vaters erinnern. Der erzählte ihr, dass in den Achtzigern ein mysteriöser Fall in den Nachrichten für Aufregung gesorgt hatte. In einer Zahnarztpraxis in der Oberpfalz trieb ein Geist namens „-Chopper-" sein Unwesen. Er war überall. In den Behandlungsräumen, Wartezimmer und auch auf den Toiletten war die Geisterstimme zu hören. Es stellte sich heraus, dass es sich um einen Marketingtrick handelte, um mehr Patienten anzulocken. Luisa wusste nicht, wie der Arzt es letztendlich angestellt hatte, aber was in den Achtzigern funktionierte, war df6gtzheutzutage bestimmt mit entsprechenden Gerätschaften wesentlich einfacher und unauffälliger umzusetzen. Doch die Audiodatei auf ihrem Handy bestätigte ihr, dass es sich hier nicht um versteckte Lautsprecher oder ähnlichem handelte. Nur sie hörte die Stimme, also war sie in ihrem Kopf. Aber warum? Warum einfach so? Warum jetzt? Sind das Vorreiter für ein Burn-Out? Aber so viel, wie sie über diese Krankheit wusste, war es vielmehr so, dass die Betroffenen ein Übermüdungsgefühl hatten. Ihnen fehlte der Antrieb für alles. Sie schafften es oft gar nicht, aus dem Bett zu kommen. Sie fühlten eine Art Sinnlosigkeit in ihrem Leben, die ihnen alle Kräfte raubte. Stimmen im Kopf gehören eher in die Symptomatik von Schizophrenie. Sofort kamen ihr Bilder von Jack Nicholson in den Kopf, wie er durch die zerschlagende Innentür schaute und eine Axt in den Händen hielt. Wird sie verrückt, oder hatte sie sich das alles nur eingebildet? Nun war die Stimme weg. Auf ihre letzten Fragen bekam sie keine Rückmeldungen mehr. Hatte sie sich selber die Antworten gegeben? Aber warum dann mit einer Männerstimme? War sie so verzweifelt in ihrem Singledasein, dass sie sich einen imaginären Mann ausdachte. Außerdem wusste sie die Liedzeile der Söhne Mannheims ja nicht, dann konnte sie sich diese ja nicht einfach ausdenken. Oder ist es vielmehr so, dass sie im Unterbewusstsein doch diese Liedzeile wusste und sie so einfach mit ihrem Unterbewusstsein kommuniziert hatte. Und ihr Unterbewusstsein hat halt eine Männerstimme. Sie brauchte noch mehr Wein. Luisa stand auf und öffnete einen Unterschrank in ihrer Küche. Dort standen noch zwei weitere Rotweinflaschen. Sie griff nach einer, als sie das Grummeln in ihrem Magen vernahm. Die Pfanne stand immer noch auf dem Herd und wartete auf ihren Einsatz. Sie stellte die Heizplatte wieder an und setzte das Kochen fort. Nach einer weiteren halben Stunde hatte sie ihren Teller sowie zwei weitere Gläser Rotwein geleert. Müdigkeit überwältigte sie und so marschierte sie geradewegs ins Schlafzimmer. Als sie in den Kleiderschrank sah, entdeckte sie Theodor immer noch in seinem Versteck. Er wirkte nur ruhiger als vorhin, kam aber nicht freiwillig heraus. Sie schob ihre Hand unter seinen Bauch und nahm ihn mit ins Bett. Er rollte sich zu ihren Füßen ein und begann leise zu schnurren.

„Worüber habe ich mich eigentlich mit der Stimme unterhalten?" Da Luisa nur einen Part des Gespräches aufgenommen hatte, versuchte sie sich nun zu erinnern, welchen Inhalt der Dialog hatte.

Sie hatte eigentlich nichts erfahren, aber auch gleichzeitig nichts von sich preisgegeben. Also wenn irgendjemand mit dieser Maßnahme etwas von ihr erfahren wollte, hatte er keinen großen Erfolg gehabt. Außer der Tatsache, dass er sie völlig verängstigt hatte. Sie war hin und hergerissen, ob es immer noch die Möglichkeit gab, dass jemand ihr einen Streich spielte oder es sich bei ihr um Schizophrenie handelte. Immer wieder hörte sie die leise Stimme des Mannes in Erinnerung der letzten Stunde in ihrem Kopf. Jetzt nicht als Dialogpartner, sondern nur als Erinnerung. Der lange Arbeitstag, der volle Magen, die kräfteraubende Aufregung in ihrem Kopf und der Wein schoben sie gemeinsam in den Schlaf.

Luisa hörte den markdurchdringenden Ton ihres Weckers ganz langsam zu sich durchdringen. Sie drehte sich um und drückte die Snoozetaste. Ein Hustenanfall holte sie aus der Schlafphase und Kopfschmerzen machten sich bemerkbar. Diese wurden von Sekunde zu Sekunde stärker. Die Digitalanzeige präsentierte ihr 06:11. Sie hatte fast eine halbe Stunde den Weckton nicht gehört. Langsam quälte sie sich hoch. Jede kleinste Drehung ihres Kopfes verstärkte die Hammerschläge darin. Außerdem kam die Erinnerung zurück. Diese Stimme! War es nur ein Traum, oder hatte sie gestern wirklich diese Stimme im Kopf? Sie schlenderte ins Bad und warf eine Schmerztablette ein. Sollte sie gleich zwei nehmen? Luisa ging wieder in den Flur und sah in die Küche. Auf dem Küchentisch lag ihr Handy. Genau an der Stelle, an der sie es gestern hatte liegen lassen, oder zumindest an der Stelle, an der sie es in ihrem Traum hatte liegen lassen. Sie schlenderte darauf zu. Das leere Weinglas kam in ihrem Blickfeld und der säuerliche Geschmack im Mund und die Kopfschmerzen wurden intensiver. Luisa aktivierte das Handy und sah die zuletzt geöffnete App. Eine Audiodatei wartete auf Befehle. Sie drückte auf die Playtaste und leise Radiomusik war zu hören. Dann ihre Stimme.

„Sie haben doch angefangen, das Lied weiter zu singen!"

Stille.

Dann wieder ihre Stimme: „Ach. Und hätte ich die Liedzeile gewusst, wären Sie gar nicht in Erscheinung getreten?"

Luisa stoppte die Datei. Es war kein Traum. Es war real. Was sollte sie jetzt machen? Sie fühlte sich schlecht. Die Medikamente auf nüchternen Magen verursachten ihr immer Unwohlsein.

Luisa steckte zwei Weißbrotscheiben in den Toaster und setzte Kaffee auf. Dann startete sie vorsichtig einen Versuch.

„Hallo?"

Es folgte keine Antwort.

„Sind Sie da?", kam ihre Frage hinterher.

Wieder Stille. Ihr Gesprächspartner bestimmt anscheinend den Dialog. Vielleicht war das ja auch nur eine einmalige Situation? Vielleicht war sie ja einfach unterzuckert und alkoholisiert? Vielleicht ergab diese Mischung ja Wahnvorstellungen? So viele Fragen brauchten Antworten. Die kann sie nicht erklären und daher brauchte sie fachmännischen Rat. Ihr ging es schlecht. Luisa frühstückte, legte sich anschließend nochmal hin und machte um kurz nach acht Uhr einen Termin bei ihrem Hausarzt. Gleich darauf meldete sie sich bei ihrer Arbeit krank. Sie hatte einen Termin gegen zehn Uhr erhalten und nutzte die Zeit, um sich nochmal hinzulegen. Die Kopfschmerzen wurden besser.

Als Luisa aus dem Wartezimmer aufgerufen wurde, bat man sie ins Behandlungszimmer drei. Sie war selten krank und somit auch selten beim Allgemeinmediziner. Das Zimmer war leer und sie nahm auf dem Stuhl gegenüber dem Schreibtisch Platz. Auf dem Weg zum Arzt hatte sie sich überlegt, was sie erzählen wollte. Letztendlich hatte sie sich für die Wahrheit entschieden. Sie wollte Hilfe und da brachte es nichts, irgendwelche anderen Symptome zu erfinden. Die Tür ging auf und ein junger Mann Anfang dreißig, in weißer Hose und weißem Hemd, trat ein. Ihm folgte eine jüngere Angestellte, die sich sofort vor den Rechner des kleinen Tisches in einer Ecke setzte.

„Frau Kemmer." Der Arzt reichte ihr die Hand zur Begrüßung.

„Herr Doktor!" Luisa tat es ihm gleich.

„Ich habe gesehen, dass Sie lange nicht hier waren. Liegt irgendetwas Aktuelles vor?"

Luisa schaute zu der Sprechstundenhilfe in der Ecke, die den PC bediente und ihre Krankenakte auf den Bildschirm holte.

„Äh, ich hatte gestern Abend einen Vorfall, der mich sehr beängstigte!"

Der junge Mediziner lehnte sich vor und hörte ihr interessiert zu. Er sah ziemlich gut aus und nun war es ihr peinlich, ihre mögliche Schizophrenie anzusprechen. Er war der typische Doktor aus den Arztromanen. Bestimmt himmelten alle diese medizinischen Fachangestellten ihn an. So ein Mediziner stand eigentlich in den Fernsehproduktionen immer hinter einem, wenn die Patientinnen einen Schwächeanfall bekamen, so dass er sie direkt auffangen konnte. Kurze Haare, aber nicht zu kurz. Einen leicht gebräunten Teint, der ihm ein gesundes Aussehen, aber nicht die Gefahr eines Melanoms durch zu extremes Sonnenbadens, bescherte. Und diesem Ken, sollte sie mitteilen, dass sie Gaga im Kopf ist.

„Was ist denn vorgefallen?", fragte der Doktor und nun drehte sich auch die Sprechstundenhilfe zu ihr um.

„*Also los*", dachte sie und begann ihm den gestrigen Abend zu erzählen. Sie blendete die Sprechstundenhelferin und ihr Schamgefühl aus. Der Mediziner hörte ihr zu. Nachdem sie alles erzählt hatte, wartete der Doktor einen Moment zu lange und es setzte eine unangenehme Stille ein, bis er sich endlich äußerte.

„In welcher körperlichen Verfassung waren sie denn gestern Abend?"

„Wie meinen Sie das?"

„Also, war irgendetwas anders als die Tage zuvor? Hatten Sie physischen oder psychischen Stress oder waren Sie körperlich beeinträchtigt durch Sport oder Ähnliches?", konkretisierte er seine Frage.

„Na ja, ich habe auf der Arbeit etwas Stress, aber nicht so, dass mich das stark belastet!" Bei diesem Satz musste sie innerlich zusammenzucken. Ihr ging das Verhalten von Kira enorm gegen den Strich.

„Mir fällt noch ein, dass ich den gestrigen Tag wenig gegessen hatte. Vielleicht war ich etwas unterzuckert. Das kenne ich aus meiner Jugend. Da wurde mir eher schwindlig!"

„Hatten Sie denn genug getrunken?", fragte der Doktor.

„*Ja, Wein!*", kam ihr die Antwort sofort in den Sinn, sprach es aber nicht aus. Das konnte sie doch jetzt nicht sagen. Vielleicht waren das ja wirklich Kellergeister in ihrem Kopf.

„Ja, vielleicht auch nicht so viel!", antwortete sie.

„Sind Sie jetzt nüchtern?", kam als nächste Frage.

Hatte er sie durchschaut? Sie riss ihre Augen auf und starrte ihn an.

„Was?", fragte sie.

„Ich würde gerne ein großes Blutbild von Ihnen abnehmen wollen. Dafür dürften Sie jedoch heute Morgen noch nichts gegessen haben!"

„Ach. Nein, ich habe schon gefrühstückt!"

Der Doktor wandte sich nun an seine Angestellte.

„Frau Stellmann. Dann veranlassen Sie bitte, dass man Frau Kemmer heute ein kleines Blutbild abnimmt!"

Dann wandte er sich wieder Luisa zu.

„Frau Kemmer, machen Sie sich keine Sorgen. Das kann unterschiedliche Auslöser haben. Ich kann Ihnen jetzt keine Ursache dafür nennen. Lassen Sie uns bitte erstmal organische Ursachen ausschließen, in dem wir Ihnen heute etwas Blut abnehmen und Sie morgen früh nochmal nüchtern für ein Blutbild vorbeischauen! Ich denke, das war eine einmalige Situation, die nicht wieder auftreten wird. Lassen Sie uns erst mal einen Check durchführen!"

Luisa nickte und hoffte, dass der Mediziner die Wahrheit sagte. Sie stand auf und reichte ihm die Hand. Es war doch leichter, als gedacht, sich zu öffnen.

„Ich hoffe, ich konnte sie beruhigen und bin fest der Meinung, dass wir dem auf den Grund gehen können!", gab der Doktor von sich, während seine weiche Hand ihre schüttelte.

„Ich auch. Und danke vielmals für die Mühe!"

„Und ich danke für ihre Gesundheitskarte!", gab er von sich und lächelte breit.

Diesen Spruch gab er anscheinend bei jedem zweiten Patienten von sich, da die Sprechstundenhilfe hierzu gequält lächelte und Luisa beim Verlassen des Raumes begleitete.

„Bitte setzen Sie sich nochmal ins Wartezimmer. Wir werden Sie für die Blutabnahme gleich aufrufen!"

Luisa hatte gedacht, dass die Angestellte wesentlich beeindruckter von ihrer Geschichte war, jedoch hörte sie vermutlich viel Schlimmeres jeden Tag. Nachdem sie anschließend ihr kostbares Blut gespendet hatte, war sie wieder nach Hause gefahren. Als sie die Tür hinter sich schloss, lauschte sie in die Wohnung.

„Hallo?", fragte sie in die Leere, in der Hoffnung, dass sie keine Antwort erhielt und das gestern alles wirklich nur eine einmalige, unerklärliche Sache war. Sie bekam keine Antwort, stattdessen stand Theodor vor ihr und drückte seinen Kopf an ihren linken Knöchel. Er schnurrte bei dieser Geste vor sich hin. Luisa verbrachte den Nachmittag im Wohnzimmer und schaute Fernsehen. An einem freien Werktag war das Fernsehprogramm wirklich brutal langweilig. Sie entschloss sich daher aufgenommene Filme von ihrem Festplattenrekorder zu schauen. Somit begleitete ihr Nachmittag Bridget Jones und Frauen, die in den Schuhen ihrer Schwester unterwegs waren. Diese Filme heiterten sie nicht wirklich auf und so lag sie schwermütig auf dem Sofa, als am Abend das Telefon klingelte. Luisa schaute auf das Display und schürzte die Lippen, bevor sie das Gespräch annahm.

„Hallo Mama!"

„Hallo Lieschen mein Schatz. Ich wusste nicht, ob du schon zu Hause bist. Das ist ja schön!"

„Doch doch, ich bin..."

„Das war so schön heute. Dennis hatte uns die Kinder gebracht, und wir waren mit denen im Zoo. Den haben die doch jetzt so schön umgebaut. du hättest mal sehen müssen, wie der Kleine die Löwen angesehen hatte. Der war hin und weg!"

„Ach, das ist ja schön!", sagte Luisa monoton.

„Ja, und auch Emma fand es so toll. Die haben da jetzt auch einen kleinen Jahrmarkt mit im Angebot. Den haben die da gebaut, wo früher der Parkplatz war. Der ist jetzt nämlich nach hinten verlagert worden. In der Nähe vom Supermarkt. Dein Vater musste mit ihr mehrmals in die Schiffschaukel!" Luisas Mutter gaggerte laut.

„Der war nachher so blass. Ich dachte es gäbe ein Unglück. Er konnte sich aber dann noch erholen!"

Luisa hörte ihrer Mutter zu und merkte wie ihre Nase zu kribbeln begann. Kurz darauf rollten stille Tränen über ihre Wangen, deren Strom nicht mehr zu versiegen drohte. Theodor fühlte ihre

Stimmung und sprang auf ihren Schoß. Sie wollte auch Kinder. Spätestens Anfang dreißig, sowie ihr Bruder es ihr vorlebte. Dennis war zwei Jahre jünger als sie und arbeitet als IT-Administrator in einer Bank. Er war erfolgreich, sodass seine Frau sich ganz und gar auf die Familie konzentrieren konnte. Damit hatte sie auch früh angefangen, sodass Dennis bereits mit fünfundzwanzig zum ersten Mal Vater wurde. Das zweite Kind folgte dann mit drei Jahren Versatz hinterher. Auf einmal brach eine Zukunftsvision auf sie ein. Sie sah sich als alte Frau, die nach ihrem Burn-Out in eine Schizophrenie gerutscht war. Ihr kamen die Bilder der Katzenoma aus der Trickfilmserie Die Simpsons in den Sinn, die allein in einem verwahrlosten Haus wohnte, ihre eigene Sprache sprach und zahllose Katzen um sich herum scharrte. Was war in ihrem Leben schiefgelaufen? Sie hatte alles durchgeplant. Guter Schulabschluss, dann das Studium absolvieren und einen guten Job finden, anschließend mit der Familienplanung starten. Studium und Job hatten funktioniert. Dann kam vor einem Jahr noch der Jobwechsel zu der Firma, in der sie schon immer arbeiten wollte. Bei Stierling wollte sie sich voll reinhängen. Und nun hatte sie die Chance ein Projekt zu übernehmen, da ihre Vorgesetzte in den Mutterschutz gegangen war. Wenn sie sich dort erfolgreich etabliert hatte, konnte sie mit einer Familie starten. Mittlerweile war sie vierunddreißig Jahre und ihr wurde in diesem Moment bewusst, dass sie den Moment verpasst hatte. Immer mehr Tränen strömten über ihr Gesicht. Sie schniefte. Ihre Mutter redete immer weiter von ihrem Zoobesuch mit den Enkelkindern. Ab und an gab Luisa einen zustimmenden Laut von sich. Auf direkte Fragen antwortete sie monoton und einsilbig, sodass ihre Mutter ihren Gemütszustand nicht mitbekam.

„Dennis wollte dich in den nächsten Tagen mal anrufen und fragen, ob du die beiden auch mal für eine Nacht zu dir nehmen kannst. Emma wollte das so gerne!"

„Okay. Kein Problem!"

„Und wie geht es dir denn so?", kam jetzt die Frage ihrer Mutter.

„Du Mama, es ist grad schlecht, da …!" Luisa musste wieder husten.

„Ja, verstehe. Ich erzähle die ganze Zeit, bestimmt hast du Essen auf den Herd. Also mach's gut, Lieschen. Und lass' uns nächste Woche mal in Ruhe telefonieren!"

„Alles klar, Mama!"

Luisa legte auf, rollte sich zur Seite und grub ihr Gesicht in ein Sofakissen. In diesem Moment schluchzte sie ungehemmt los. Jahrelang hatte sie ihr Liebesleben immer auf kleiner Flamme gehalten, da sie ihren Masterplan noch nicht erreicht hatte und dabei nicht gemerkt, wie ihr die Jahre durch die Finger rieselten. Kleine Affären und One-Night-Stands begleiteten ihren Weg. Sie hatte nie Herzschmerzen oder den unsagbaren Drang auf Zweisamkeit bevor sie das Etappenziel nicht erreicht hatte. War sie so kaltherzig oder warum kam ihr zwischendurch nie der Gedanke, den Masterplan mal in Frage zu stellen? Und jetzt kam vielleicht schon ihr Karriereaus und was hatte sie dann erreicht? Mit vierunddreißig sind die meisten Männer schon mit ihrer Suche durch. Dann gibt es nur noch komische Typen und bereits abgelegte, die das Thema Familie schon lebten. Ihr Magen krampfte und schüttelte ihren Körper.

„Hey, was ist denn los?", klang die Frage des Mannes in ihrem Ohr.

Luisa zuckte wieder zusammen. Der Kater sprang von ihrem Schoß und sauste aus dem Wohnzimmer.

„Scheiße!", dachte sie. Also doch keine einmalige Sache, wegen falscher Nahrungsaufnahme oder dergleichen. Sie hatte gegessen und genug getrunken. Sie war ausgeruht und ausgeglichen, zumindest vor ihrem Telefonat. Luisa wischte sich die Tränen aus dem Gesicht.

„Ich kann es nicht leiden, wenn Menschen um mich herum weinen!", erklärte die Stimme ihr.

Luisa wusste nicht, was sie antworten sollte. Es war ihr peinlich. Aber wenn man nicht mal alleine in der Wohnung weinen darf, wo hat man dann noch die Chance dafür.

„Lassen Sie mich in Ruhe!", schluchzte sie.

„Hey, was ist denn los?", kam erneut die aufrichtig klingende Frage des Mannes.

„Ich hatte gehofft, Sie sind weg!"

„Und deshalb sind Sie so traurig?"

„Ach, Scheiße, mein Leben geht zurzeit den Bach runter. Auf der Arbeit läuft es miserabel, mein Privatleben ist eine echte Blamage und jetzt werde ich langsam verrückt und habe Stimmen im Kopf. Es könnte grad nicht besser laufen!", schrie sie fast, während sich ihrer Stimme überschlug. Sie beendete ihre Antwort mit einem Hustenanfall.

„Warum macht Ihnen das denn Angst?"

„Was?"

„Das mit Ihrer Arbeit tut mir leid. Das mit ihrem Privatleben noch viel mehr. Aber dass wir so kommunizieren können, muss doch nichts Schlechtes bedeuten. Ich meine, was befürchten Sie denn durch unseren Dialog?", wollte die Männerstimme wissen.

„Das ist nicht normal. Das machen nur Verrückte!", erwiderte Luisa wieder lauter.

„Sie scheinen mir aber nicht verrückt zu sein!"

„Das behaupten Verrückte doch immer von sich selbst. Das ist keine Hilfe!", gab Luisa von sich.

„Ist es denn nur die Tatsache, dass Sie mich hören, was Sie so aus der Fassung bringt oder ist da gerade noch etwas Anderes?"

„Als ob das nicht Grund genug wäre, durchzudrehen?"

„Wir haben uns doch gestern schon unterhalten und da waren Sie nicht so aufgebracht", erklärte die Männerstimme.

„Da dachte ich ja noch, dass das alles ein Trick oder so ist, aber jetzt…!" Erneut füllten sich Luisas Augen mit Tränen.

„Was habe ich denn nur getan? Warum bestraft mich da oben jemand? Ich habe mich immer an Regeln gehalten." Sie war so wütend, dass sich ihre Worte überschlugen!

Dann schwieg Luisa und überlegte. „*Wann habe ich bloß aufgehört mich für Männer und mein Liebesleben zu interessieren?*" „*Oder habe ich vielleicht nie damit angefangen?*" Der einzige

Mann in meinem Leben war Theodor und der verschwindet jetzt auch immer wieder, wenn sie sich ihrer Geistesgestörtheit hingab.

„Ich will das alles nicht! Hauen Sie ab!", schrie sie jetzt wieder.

Sie wartete einige Sekunden. Es folgten keine weiteren Äußerungen der Stimme in ihrem Kopf. Konnte Sie die Stimme einfach weg schreien? Vielleicht war es ja eine mentale Sache. Vielleicht konnte Sie durch Willensstärke diese Stimme verstummen lassen. Luisa fühlte sich immer noch schlecht und traurig. Der Abend endete, wie die meisten Abende in den Tagen und Wochen zuvor. Sie ging nach dem Abendbrot und stundenlangem Fernsehen alleine ins Bett. Ihre Gedanken drehten sich jedoch jetzt um ihre Zukunft, um ihr Singledasein und um die Angst verrückt zu werden. Mit leichten Kopfschmerzen fiel sie in einen unruhigen Schlaf.

Am nächsten Morgen quälte sich Luisa aus dem Bett. Die Kopfschmerzen waren immer noch gegenwärtig, dennoch nahm sie keine Tablette ein, da sie nicht wusste, ob der Wirkstoff die Werte in ihrem Blut beeinflussen würde. Nach der Blutabnahme erreichte sie pünktlich ihre Arbeit und ihr erster Gang war das Aufsuchen der Damentoilette. Ihr Spiegelbild war brutal ehrlich und offenbarte einen blassen Teint und dunkle Augenringe. Die Beule an der Stirn färbte sich langsam gelblich und wurde kleiner. Ihr dunkler Hoodie ließ sie noch blasser wirken und Luisa spritzte sich Wasser ins Gesicht, als sich hinter ihr die Tür öffnete und Kira eintrat. Ihre Blicke trafen sich im Spiegel.

„Hey, guten Morgen. Wie geht es dir?", frohlockte Kira.

Luisas Gesicht tropfte, und sie zog schnell Papiertücher aus dem Spender.

„Na ja, etwas besser!"

„Du siehst aber noch schlecht aus!"

Kira stand mit einer beigefarbenen Seidenbluse und einem knielangen dunkelblauen Rock neben ihr und beugte sich vor dem Spiegel, um sich den rechten Lidstrich nachzuziehen.

„Ich war eben bei der Blutabnahme, daher wirke ich noch etwas blutarm!"

„Ich hoffe, es ist nichts Ernstes!", gab Kira von sich, ohne wirkliche Anteilnahme zu signalisieren.

„Nee, ich denke nicht!"

Kira stand nun gerade neben ihr und strahlte sich selber im Spiegel an.

„Das ist ja schön!" Ihr Blick blieb die ganze Zeit auf sich selber im Spiegel gerichtet.

Sie drehte sich Richtung Tür und trat aus dem Raum. Ihre Absätze klackerten bei jedem Schritt, bis sie auf dem weichen Velours des Ganges verstummten. Luisa blieb noch einige Sekunden vor dem Waschbecken, bis auch sie sich auf den Weg zum Büro machte. Auf dem Gang wurde sie von Kollegen zu ihrem Gesundheitsstand gefragt. Mehr beiläufig als interessiert. Sie erreichte ihren Schreibtisch und nahm Platz. In der Projektmappe lagen noch ihre Skizzen und Entwürfe.

„Hast du schon mit dem Grafiker gesprochen, wegen der Darstellungen?", fragte sie Kira.

„Nee, ich dachte, dass würdest du lieber mit ihm besprechen!"

Luisa nickte und blätterte die Projektmappe weiter durch.

„Hast du denn schon eine Kosten-Analyse für mögliche Print- beziehungsweise Fernsehwerbung erstellt?"

„Da wusste ich nicht, worauf ich zurückgreifen sollte!", antwortete ihre Kollegin.

„Dann hast du gestern …?", Luisa ließ den Satz unvollendet und sah Kira an.

Kira hielt den Blickkontakt stand, doch ihre Augen bekamen ein seltsames Funkeln.

„Ich habe schon mal eine Präsentation mit Powerpoint erstellt. Willst du sie sehen?"

Luisa war etwas verdutzt. *„Worüber will sie etwas präsentieren? Sie haben doch bisher nur eine Idee und einige unprofessionelle Entwürfe"*, dachte Luisa und war drauf und dran, sich die Präsentation zeigen zu lassen. Besann sich jedoch und wollte die Zusammenarbeit nicht gefährden, da Herr Richter bestimmt nicht auf bissige Stuten abfährt. Sie mussten professionell agieren und abliefern. Luisa wollte wahrgenommen und aus dem Schatten von Sarah Lehmkuhl heraustreten.

„Okay. Kannst Du denn nun mit dem Grafiker sprechen und ihm die Entwürfe zeigen?"

„Ja klar. Zu wem muss ich denn? Und auf was soll er denn besonders achten? Ist es nicht besser, wenn du ihm das erklärst, damit er nicht falsche Grafiken erstellt?", fragte Kira mit großen Augen. Ihre Stimme klang freundlich und wirkte auf Luisa nicht hinterlistig, eher etwas naiv.

„Okay, aber komm' mit, damit du die Kollegen auch kennenlernst und erfährst, worauf die Kampagne zielt und wie er das vermitteln soll!"

„Alles klar!"

Die beiden verbrachten den Arbeitstag gemeinsam an dem Projekt, wobei Luisa Kira ihre Arbeitsschritte und Quellen vorstellte. Die neue Kollegin saß dabei stets daneben und ließ sich alles erklären. Eine Unterstützung war sie für Luisa nicht. Es kam ihr eher vor, als wäre Girls-Day und sie hätte eine Fünfzehnjährige neben sich sitzen. Während sie gemeinsam durch den Flur zu den anderen Büros gingen, wurde Kira von den meisten gegrüßt und auf kleine Smalltalks angehalten. Luisa bekam mit, dass sich die Kollegen am heutigen Abend zu einem Kneipenbesuch treffen wollten. Eingeladen wurde sie jedoch nicht. Sie hatte eh keine Lust heute nach Feierabend direkt in die Kneipe zu schlendern. Doch über die Frage, ob sie mitkommen möchte, hätte sie sich gefreut. War sie unter den Kollegen nicht beliebt? Das war ihr gar nicht bewusst. Im Team Lehmkuhl war sie stark eingebunden und fleißig. Sie hatte unter ihrer Leitung wenig Privates und Zwischenmenschliches besprochen. Das Arbeitsverhältnis war fast zu hundert Prozent arbeitsbezogen und erfolgsorientiert. Sie waren freundlich und wertschätzend zueinander. Luisa hatte sich an diese Umgangsform gewöhnt. Dieser Zustand beschäftigte sie nun. *„Vielleicht bin ich ja gar nicht für Beziehungen geeignet? Weder unter Kollegen noch unter Geliebten?"* Luisa starrte gedankenverloren vor sich hin. *„Aber ich kann doch mit Menschen!"*.

Abends saß sie gedankenversunken im Bus und gab sich ihren Gedanken hin. Sie brauchte jemanden zum Reden. Jemanden dem sie ihre Gedanken und Ängste anvertrauen konnte. Und dieser jemand war nicht ihre Mutter. So lieb sie sie auch hatte. *„Sophie!"*, dachte sie und kramte ihr Handy aus der Tasche. Die Nummer war als erste in ihrer Favoritenliste aufgeführt. Sie kannten sich seit dem Studium. Sophie studierte damals Betriebswirtschaftslehre an der Uni. Sie lernten sich bei einer WG-Begehung kennen und obwohl nur Sophie damals das freie Zimmer bekommen hatte, entwickelte sich aus der Begegnung eine tiefe Freundschaft. Sie beide waren jedoch so sehr von ihrer Arbeit eingenommen, dass in letzter Zeit gemeinsame Abende seltener geworden waren. Doch genau jetzt brauchte Luisa sie. Das Freizeichen ertönte zum dritten Mal, bevor sie die Stimme ihrer Freundin hörte.

„Hey Kleine, alles klar?", fragte Sophie sofort.

„Ja klar. Sag' mal, ich habe dich so lange nicht gesehen. Hast du heute Abend vielleicht Zeit?"

„Äh, heute?" Es entstand eine kurze Pause und Luisa fühlte sich etwas schlecht sie so zu überrumpeln, wollte aber nicht gleich einlenken, sondern fasste nach.

„Ich weiß, es ist sehr spontan, aber ich muss unbedingt mit jemanden reden!" Luisa biss die Kiefer aufeinander und zog die Lippen schief.

„Na klar. Ist alles in Ordnung?", folgte die aufrichtig klingende Frage ihrer Freundin.

„Ja schon. Aber ich brauch' jemanden um mich herum. Kannst du so um acht rumkommen? Ich koche uns auch etwas!"

„Ja, dann kann ich ja nicht anders!" Sophie lachte ins Telefon. „Ich komme um acht und habe mächtig Hunger. Also kauf' das Doppelte ein!"

„Das mach' ich. Ich freu' mich. Bis nachher!" Luisa lächelte und beendete das Gespräch.

Im Kopf ging sie die Zutaten für das Abendessen durch und stieg zwei Haltestellen später aus, um ins Einkaufszentrum zu gehen. Eine dreiviertel Stunde später stand sie bereits in der Küche und schälte Karotten. Das Küchenradio lief erneut und spielte vor sich hin. Sie war drauf und dran bei einigen Liedern mitzusingen, befürchtete jedoch, dadurch wieder die Stimme in Ihrem Kopf herbei zu rufen. Seit ihrem Tobsuchtanfall gestern, war die Stimme verschwunden und danach auch nicht wieder aktiv gewesen. Dennoch war Luisa angespannt und rechnete damit, dass sie jederzeit ertönte. Sie wollte Sophie davon erzählen, war sich aber nun nicht mehr sicher, ob es überhaupt noch ein Thema war. Vielleicht hatte sie die Stimme gestern ja wirklich vertrieben? Vielleicht war es ja einfach eine mentale Sache, die man durch Willensstärke besiegen konnte? Sie wagte einen Versuch.

„Hallo? Kleiner Mann im Kopf?"

Luisa verharrte in ihrer Bewegung und lauschte in sich. Jedoch vernahm sie nur Purple Rain von Prince, der aus dem Küchenradio trällerte. Sie begann die Karotten in kleine Scheiben zu zerteilen, als die Antwort kam.

„Ich dachte, ich soll Sie in Ruhe lassen!"

Luisa zuckte wieder. Ihr Herz begann erneut zu rasen. Theodor war nicht in der Küche, sodass sie seine Reaktion nicht bemerken konnte.

„Eigentlich schon, aber ...", sie überlegte kurz bis sie weitersprach. „... damit löse ich scheinbar mein Problem nicht. Solange Sie immer noch da sind und in irgendeiner Ecke hocken, bin ich wohl nicht geheilt!"

„Haben Sie denn das Gefühl, dass Sie krank sind?"

Luisa schnaufte, während sie die Karottenscheiben zu den Zucchini und Auberginen in die Schüssel schob. *„Immer diese Gegenfragen!"*

„Ich denke, das steht außer Frage. Ich habe mir allerdings überlegt, was es bringt, Ihnen einfach nur den Mund zu verbieten, obwohl Sie immer noch da sind. Das bringt mich ja nicht weiter. Es wird bestimmt einen Grund geben, dass Sie in meinem Kopf sind und das sollte ich herausfinden!"

„Das hört sich vernünftig an!"

Luisa schaute hoch.

„Wir können das Ganze abkürzen, wenn Sie mir den Grund verraten!"

Nach einer kurzen Stille, antwortete die Männerstimme.

„So leid es mir tut, ich weiß es nicht. Das müssen Sie mir glauben!"

Luisa stellte ihre Bratpfanne auf den Herd und machte die Herdplatte an.

„Na ja, auf jeden Fall muss ich das jemandem mitteilen. Ich brauche eine Verbündete, die mir glaubt und mir helfen soll, daher habe ich meine Freundin Sophie zum Essen eingeladen. Ich werde ihr dann nachher von Ihnen erzählen!" Während sie sich offenbarte, verzog sie die Lippen. Sie wusste noch nicht, wie sie nachher anfangen sollte.

„Ich hoffe, Sie erzählen Ihrer Freundin nur Gutes von mir!"

„Ich hoffe, es gibt auch nur Gutes an Ihnen!"

„Was für einen Eindruck haben Sie denn bisher?"

Luisa musste überlegen. Außer das ihr der Zustand Angst machte, konnte Sie sich nicht an böse Inhalte oder Forderungen der Stimme erinnern. Sie zuckte mit den Schultern.

„Darauf erhalte ich keine Antwort?", frage die Männerstimme.

„Bisher war es okay!"

„Das nehme ich mal als Kompliment!"

„So, ich muss mich auf 's Kochen konzentrieren!"

„Alles klar. Wenn Sie mich brauchen, einfach an der Lampe reiben!" Die Stimme lachte kurz auf.

Auch Luisa musste schmunzeln, gab sich dann aber ganz dem Kochen hin. Um Viertel vor acht brutzelte jeder Topf. Luisa hatte den Tisch fertig gedeckt und sah auf die Uhr. Sie ergriff die offene Merlotflasche, während es an der Tür klingelte. Schnell goss sie beide Gläser voll und eilte zur Tür.

Sie drückte auf die Gegensprechanlage und musste husten, bevor sie sprach.

„Supermodel-WG. Wer ist da?"

„Die Heidi. Und ich habe eine Überraschung für meine Mädels!", kam durch den Lautsprecher.

Luisa drückte den Haustürsummer, öffnete die Wohnungstür einen Spalt und rannte zurück in die Küche. Letzte Umrühraktionen in den Töpfen beendeten ihre Vorbereitungen und sie drehte die Herdplatten runter. Knapp zwei Minuten später hörte sie, wie die Wohnungstür über den dicken Velour im Flur schabte.

„Hallo. Bin ich hier richtig?"

„Wein wird nur in der Küche ausgeschenkt!", antwortete Luisa.

Sophie kam in die Küche und sofort fielen sich die beiden in die Arme. Auch Theodor kam angerannt und drückte sich mit seinem Kopf an Sophies Knöchel.

„Hey, mein Hübscher." Sophie bückte sich und nahm den Kater auf den Arm.

„Kümmerst du dich denn auch schön um Frauchen?"

Luisa holte Teller aus dem Hängeschrank und portionierte ihre Mahlzeiten darauf. Anschließend platzierte sie die Teller auf den Tisch und setzte sich.

„Ich habe so einen Hunger. Wir müssen sofort Essen!"

„Dann will ich dir mal einen Gefallen tun!", sagte Sophie und nahm ebenfalls Platz.

Obwohl sie sich fast ein Vierteljahr nicht gesehen hatten, war die Atmosphäre nach wenigen Bissen wie eh und je. Beide erzählten von ihrem momentanen beruflichen Aufgaben. Beziehungstechnisch hatten beide den gleichen Status und so kamen sie anschließend auf Themen aus ihrer gemeinsamen Vergangenheit.

„Weißt du noch, als Du bei der Silvesterparty so blau warst, dass du nicht mehr aus der Toilette raus kamst?" Sophie prustete los und Tränen füllten ihre Augen.

„Ich hatte noch versucht, den Schlüssel unter der Tür durch zu schieben, aber der Spalt war zu klein!", entgegnete Luisa grölend.

Sie goss die Gläser nach und wischte sich die Augen trocken. Es entstand eine Pause zwischen den beiden. Sophie schaute Luisa in die Augen, als sie das Glas entgegen nahm.

„Na Kleine, was ist denn der eigentliche Grund deines Anrufes?"

Luisa betrachtete ihr Glas und drehte es langsam zwischen ihren Fingern. Sie stellte sich die gleiche Frage, die sie auch beim Arzt in ihrem Kopf hatte. Aber bei diesem Menschen brauchte sie keine Scham haben. Sie kannten sich bereits seit Jahrzehnten.

„Ich glaube, ich werde verrückt!"

Sophie lächelte sie an.

„Wer nicht, Süße?"

„Nee, im Ernst. Ich höre Stimmen!"

Wiedermal stellte sich Stille ein und Luisa schaute erneut auf ihr Weinglas, während sie Sophies Blick spürte.

„Erzähl mir mehr!", forderte Sophie von ihrer Freundin.

Luisa erzählte wie ihre letzten beiden Abende abgelaufen waren. Sophie hörte einfach nur zu. Es kamen keine Zwischenfragen oder Bemerkungen. Nachdem sie ihren Monolog beendet hatte, blickte sie vorsichtig hoch. Ihre Blicke trafen sich und Luisa sah Mitgefühl in Sophies Augen. Sie umfasste die Hände von Luisa und blinzelte ihr zu.

„Wann hörst du denn immer diese Stimmen?"

„Es ist eigentlich nur eine. Mal morgens, mal abends. Meistens jedoch abends."

„Jetzt auch?"

„Sie ist momentan still. Wir haben vereinbart, dass ich es dir in Ruhe erzählen wollte und sie daher erstmal verschwindet."

„Du hast dich mit ihr über mich unterhalten?" Sophie blickte verwundert und etwas ängstlich.

„Ich kann mit der Stimme kommunizieren. Sie ist wie ein normaler Gesprächspartner. Ich kann ihr Fragen stellen und bekomme Antworten. Das ist nicht wie in diesen Filmen, in denen Gollum Anweisungen erhält, jemanden umzubringen!", erklärte Luisa.

Diese letzte Aussage ängstigte Sophie noch mehr. Die Härchen auf ihren Unterarmen stellten sich auf und ein Schauder überflog ihren Rücken.

„Es ist nur eine Stimme. Eine Männerstimme sogar. Sie klingt ruhig, nicht beängstigend, eher so wie ein Geschichtenerzähler. Wie jemand, der ein Hörbuch vorliest!", fügte Luisa noch hinzu.

„Bekommt sie denn alles mit? Also weiß sie alles, was du auch weißt, oder mußt du ihr etwas aus deinem Leben erklären?"

„Du fragst so komisch. Findest du es nicht einfach nur schräg, dass ich so eine Stimme im Kopf habe?", wollte Luisa wissen.

„Doch, natürlich!" Sophie stand auf und kam auf Luisa zu.

Sie öffnete ihre Arme und nahm ihre Freundin in den Arm. Abermals füllten sich Luisas Augen mit Tränen. Das hatte sie so gebraucht; jemanden dem sie es erzählen konnte, der mit ihr fühlte und sie in die Arme nahm. Auch sie drückte Sophie an sich. Das Schöne an der Freundschaft mit ihr war, dass sie sie niemals verurteilte sondern vielmehr versuchte, das Beste aus der jeweiligen Situation zu machen. Ihr Motto war – es ist wie es ist -. Sie hinterfragte vieles, um mögliche Auswege oder Maßnahmen herauszufinden. Langsam lösten sich die Frauen von einander und schauten sich an.

„Hey , meine Kleine. Du musst dir das doch nicht zuschreiben. Vielleicht ist das ja auch eine Gabe?"

„Was?"

„Wenn ich das so 'raus höre, hast du da ja keinen Dämon in dir, der dir befiehlt alle Nachbarn abzuschlachten!"

Luisa musste schmunzeln.

„Was ich meine ist, welchen Nachteil hattest du bisher dadurch?"

Luisa legte den Kopf zur Seite und zuckte mit den Schultern. Sophie nahm ihr Weinglas und führte es zum Mund. Sie leerte es in einem Zug.

„So, jetzt will ich ihn mal kennenlernen!"

„Ist das dein Ernst?", fragte Luisa.

„Na klar, vielleicht ist der ja ganz süß? Nachher will ich auch so einen!", lächelte sie.

„Ich weiß nicht, ob ich ihn so rufen kann?"

Sophie zog die Brauen hoch und ihre Augen funkelten auffordernd. Zum ersten Mal fand Luisa die Situation nicht mehr so furchteinflößend.

„Hallo?"

Luisa wartete auf eine Reaktion aus ihrem Inneren. Sophie schaute sie gespannt an. Nichts geschah. Erwartungsvolle Blicke wechselten zwischen den Frauen.

„Hey, wo sind Sie?"

Wieder mal kam keine Antwort. Jetzt kam sich Luisa blöd vor, weil sie keine Stimme in sich trug. So, als ob man beim Lügen erwischt wurde. Sophie füllte sich ihr Glas voll und fischte sich noch eine Blumenkohlknospe aus dem Topf vom Herd.

„Hallo, können Sie sich mal melden?"

„Da da!", ertönte es in ihrem Kopf und Luisa zuckte zusammen.

Theodor verabschiedete sich wieder hektisch, wobei er auf den Fliesen ausrutschte und gegen die offene Küchentür rutschte. Sobald seine Pfoten wieder Kontakt spürten, spurtete er los. Auch Sophie zuckte zusammen, als sie die Flucht vom Kater miterlebte.

„Ich wollte meinen Auftritt etwas dramatischer gestalten!", erklärte die Männerstimme voller Stolz.

Luisa schüttelte den Kopf.

„Das ist Ihnen gelungen!", erhielt er als Antwort.

Sophie kam zum Tisch zurück, setzte sich wieder neben Luisa und sah sie fragend an.

„Ist er da?"

Luisa nickte.

„Was sagt er?"

„Er wollte einen geeigneten Auftritt!"

„Wer fragt das? Ist das eine Freundin?", fragte die Männerstimme.

„Wie hat er sich denn gemeldet?", wollte Sophie im selben Moment erfahren.

Luisa wusste nicht, wem sie zuerst antworten sollte und hob die Hand.

„Für Sie da im Kopf. Ja, meine Freundin Sophie ist da. Ich habe ihr von Ihnen erzählt und sie möchte Sie kennenlernen. Haben Sie Samstag schon was vor?"

„Und nun deine Antwort Sophie ...". Sie fügte den Namen ihrer Freundin in den Satz, damit die Stimme im Kopf es auch verstand, dass sie nicht angesprochen wurde.

„...sie rief einfach laut Dadaaaaaa!"

Sophie grinste und lehnte sich zurück. Erneut überzog eine Gänsehaut ihre Unterarme.

„Kann ich mit ihm reden?", fragte sie.

„Will sie das wirklich? Ich möchte Sie aber nicht eifersüchtig machen!", sagte die Stimme im Kopf.

Luisa war überfordert. Da nur sie die beiden Stimmen hörte, merkten ihre Gesprächspartner nicht, dass sie immer gleichzeitig mit ihr redeten.

„So geht das nicht!" Luisa hob die Hände.

„Wenn ihr ... äh ... Sie beide miteinander sprechen wollt, kann ich nur als Sprachrohr dienen. Einer stellt eine Frage, die wiederhole ich laut, damit der andere sie hören kann und dann kann derjenige darauf antworten, okay?"

„Okay!"

„Okay!"

Beide Stimmen, die im Kopf und die ihrer Freundin, klangen aufgeregt wie die von zwei Kindern, denen ein Ausflug zum Jahrmarkt bevorstand. Nach einem kurzen Augenblick begann die Stimme im Kopf zu fragen, woher die beiden Frauen sich kannten. Luisa fühlte sich wie ein Medium, welches als Dolmetscher zwischen zwei Welten agierte. Sie wiederholte jede Frage wortwörtlich laut und gab genauso jede Antwort wieder. Manchmal war sie drauf und dran eigene Kommentare einfließen zu lassen, wie bei einer Diskussion zu dritt, dann aber merkte sie, dass es dem Anderen dann nicht möglich wäre, das auseinander zu halten. Luisa bemerkte, dass Sophie ihr wirklich glaubte, da die Antworten der Männerstimme im Kopf so schnell und spontan kamen, dass sie nicht von ihr hätten kommen können. Der Dialog war locker, so als ob man sich in einer Kneipe unterhielt.

Nach einer knappen halben Stunde verabschiedete sich die innere Stimme und Sophie witzelte, ob er vielleicht noch einen Termin mit der Leber oder der Milz hätte. Sie verabschiedeten sich freundlich und freuten sich schon auf ein nächstes verbales Treffen. Nachdem Luisa noch zweimal nachfragte, bestätigte sich die Aussage der inneren Stimme. Sie erhielt keine Antwort mehr. Die beiden Frauen sahen sich einen Moment stumm an.

„Das ist ja der Hammer!", gab Sophie von sich.

„Findest du?"

„Ja, absolut. Der ist doch witzig. Also so 'ne Stimme hätte ich auch gerne im Kopf. Würde mich noch interessieren, wie sich die Stimme anhört."

„Das kann ich dir leider nicht vermitteln!", sagte Luisa.

Sophie nahm Luisas Hand und lächelte sie an.

„Mach' dir keine Sorgen!"

„Würdest du wirklich wollen, eine imaginäre Stimme im Kopf zu haben?", fragte Luisa sie.

Sophie schwieg einen Moment und schaute auf die Tischdecke.

„Es ist natürlich leicht sowas zu behaupten, wenn man nicht betroffen ist, und ich weiß im Moment auch nicht, wie das zu erklären ist. Zum einen ist es aber doch erst einmal gut, dass die Stimme keine böse Absicht hat. Zumindest zum jetzigen Zeitpunkt. Vielleicht findet der Arzt ja noch eine Ursache heraus. Wann hast du den nächsten Termin?"

Luisa zog mit der rechten Hand langsame Kreise auf der Tischdecke.

„Ich hatte ja einen Termin bei meinem Hausarzt, der mich für den nächsten Morgen dann nochmal zu sich bat, damit ich Blut abgeben sollte. Nach der Abgabe sollte ich in seinen Praxisraum kommen. Er erklärte mir, dass er nochmal Rücksprache mit einem Kollegen gehalten hat und die sich anschließend einig waren, dass neben den physischen Untersuchungen auch noch ein psychologischer Kollege mit einbezogen werden sollte."

Luisa schaute hoch und sah Sophie in die Augen. Sie war keinesfalls geschockt oder Ähnliches.

„Ich habe morgen Nachmittag einen Termin bei einem Psychiater, der sich meine Geschichte parallel auch anhören soll!"

„Das ist doch gut. So trittst du der Sache gleich auf mehreren Ebenen entgegen. Ansonsten würde nur Zeit verloren gehen!"

Luisa nickte. Sie freute sich, dass Sophie sie nicht für plemplem hielt. Die beiden Frauen verlagerten den restlichen Abend ins Wohnzimmer. Während sie sich wieder alten Zeiten widmeten, vergaßen sie die Stimme im Kopf völlig. Es tat Luisa gut, soviel zu lachen, soviel Nähe zu einem geliebten Menschen, soviel Verständnis. Sie hatte einen Menschen an ihrer Seite, dem sie Alles mitteilen konnte, auch wenn es skurrile, peinliche und beängstigende Sachen waren. Die große Last der letzten Tage glitt an ihren Schultern herab und landete zwischen ihnen auf dem Boden. Luisa wusste, dass sie die nächsten Ereignisse mit jemandem teilen konnten und nicht mehr einseitig die Dinge betrachten und beurteilen musste. Sophie tat ihr so gut. Warum haben sie sich nur so lange nicht mehr gesehen? In diesem Moment schwor sie sich, nie mehr so viel Zeit zwischen ihren Treffen vergehen zu lassen. Glück sind Freunde und Familie, nicht Geld und Erfolg! Gegen halb drei verließ Sophie Luisas Wohnung und fuhr mit einem Taxi nach Hause. Luisa trottete direkt ins Schlafzimmer und fiel in ihre Kissen und in einen tiefen ruhigen Schlaf.

Am nächsten Morgen quälte Luisa sich aus dem Bett und schaffte es gerade rechtzeitig zur Arbeit zu kommen. Ihr Arbeitstag war mit Routineaufgaben gefüllt, die sie konzentriert und gewissenhaft bewältigte. Kira konnte sie für einfache Aufgaben mit einbinden. Um sechzehn Uhr verließ sie das Büro, um ihren Termin beim Psychiater wahrzunehmen. Sie sagte ihren Kollegen jedoch, sie habe einen Termin bei ihrem Gynäkologen, wofür Jeder Verständnis hatte und keine Rückfragen erfolgten. Das Wartezimmer war leer. Luisa dachte, dass hier die Termine anscheinend anders verteilt wurden als in den üblichen Praxen. Die Wände waren in einem hellen Grünton gestrichen und aus dem deckenintegrierten Lautsprecher drangen leise Regengeräusche, die den Patienten ein heimisches Gefühl vermitteln sollten. Auf den niedrigen Beistelltischen lagen Zeitschriften aufgefächert. Luisa suchte nach einem Boulevardblatt, fand jedoch nur Fachzeitschriften mit den Titelstorys –Du und dein zerrissenes Ich-, -Wege aus der Enge- und –Öffne dich-. Sie nahm ihr Handy aus der Handtasche und öffnete Angry Birds. Sie konnte nur zwei Levels der platzenden Grünköpfe bestreiten, als die Tür aufging und ein Mann in einem Hemd und lila Pullunder eintrat. Sie schätzte ihn auf Mitte fünfzig. Seine Haare verteilten sich nur noch mit einem halben Kreisring um den Ohrenbereich und Hinterkopf. Dafür ließ der Mann diesen Teilbereich völlig sprießen. Die Haare teilten sich zwei Farben, wobei die dunkelblonden Vertreter langsam die Oberhand verloren und sich den grauen Kollegen unterwarfen. Ihre Blicke trafen sich und Luisa beendete ihr Spiel.

„Frau Kemmer!"

Der Mann kam langsam auf sie zu und steckte ihr seine Hand entgegen. Mit ihm schlug ein moschusartiger Duft auf sie ein. Luisa ließ schnell ihr Handy in ihrer Handtasche verschwinden und stand auf, um auch ihm die Hand zu reichen. Jede ihrer hektischen Bewegungen wurde vom Mediziner beäugt. Als sie den Reißverschluss zuzog, fiel ihr sofort ein, dass sie das Handy nicht ausgeschaltet hatte und so zog sie gleich darauf den Reißverschluss wieder auf. Doch bevor sie in die Tasche griff, nahm sie die ausgestreckte Hand und schüttelte sie.

„Ja, das stimmt!"

„Mein Name ist Lothar Weinmann!" Die Worte klangen ruhig und deutlich und der Mann schaute ihr direkt in die Augen.

„Freut mich!"

„Wollen wir in Raum zwei gehen?" Er deutete mit einer langsamen Bewegung zur Tür und ließ Luisa vorangehen. Sie versuchte, mit ihrer rechten Hand und ohne Blickkontakt, das Handy in der Handtasche auszuschalten. Sie spürte den Blick des Mannes im Nacken, der sie dabei beobachtete. Sie ahnte, dass ein Psychiater schon diese Bewegungen als innere Unruhe deutete und sie bereits scannte.

„Hier bitte, die rechte Tür!"

„Alles klar!"

Die Tür war leicht geöffnet und Luisa trat ein. Das Zimmer war mit einer eierschalenfarbenen Tapete dekoriert. An zwei Wänden standen Highboards aus Eichenmassivholz mit geschlossenen Türen. Eine gehäkelte Spitzendecke lag unter einer Vase, die einen Trockenstrauß beinhaltete. Es gab weder Schreibtisch noch Computer. Es gab keine Schaubilder oder Zertifikate an den Wänden oder Regalen, die dicke medizinische Fachbücher trugen. Sie sah sich in dem Raum um.

„Na, was suchen Sie?", fragte der Mann hinter ihr, der die Tür schloss und anschließend an ihr vorbei ging.

Luisa schürzte die Lippen und schüttelte leicht den Kopf.

„Sie suchen die Couch, nicht wahr?" Die Worte kamen so klar und ruhig aus seinem Mund.

Der Mediziner nahm auf einen der gemütlichen Sessel Platz und bot ihr durch eine Geste einen der anderen Sessel an. Alle hatten eine andere Form.

„Wenn Sie eine Couch bevorzugen, sagen sie es nur. Die gibt es in Raum vier. Es hat sich aber in den letzten Jahren herausgestellt, dass die meisten Menschen lieber aufrecht sitzen und erzählen."

„Nein, nein. Ein Sessel ist mir lieber!" Luisa betrachtete die drei anderen Sessel.

Bestimmt sagte die Wahl eines der Möbelstücke ebenfalls etwas über ihr Innenleben aus. Sie schaute kurz zum Psychiater und wieder zu den Sesseln.

„Bitte, nehmen Sie Platz!"

Luisa setzte sich auf den blauen Sessel mit relativ gerader Rückenlehne und breiten Armlehnen. Der graue Ledersessel war ihr zu dunkel und zu kalt. Das konnte man als Synonym ihrer Stimmung deuten. Der breite gelbe Lümmel Sessel dürfte wohl als zu verspielt, bequem und unangepasst eingestuft werden. Ja, der blaue ist bestimmt die richtige Wahl.

„Warum haben Sie gerade diesen Sessel gewählt?", fragte Herr Weinmann und Luisa setzte sich gerade hin und blickte zu den Lehnen.

„Äh, ich dachte, dass…"

Der Psychiater schmunzelte und lehnte sich zurück.

„Tut mir leid, ich stelle die Frage jedem neuen Menschen und finde sie jedes Mal amüsant!" Sein Lächeln war angenehm.

Luisa lächelte zurück und lehnte sich auch zurück.

„Es ist ganz egal, welches Möbelstück sie nehmen!"

„Ach was. Na dann!"

Es vergingen einige Sekunden, die wortlos den Raum füllten.

„Wie geht 's los?", fragte Luisa dann.

„Ich weiß nicht. Wollen Sie mir erzählen, warum Sie einen Termin bei mir ausgemacht haben?"

„Die Überweisung hat der Doktor Schwartz ausgestellt. Er dachte wohl, dass Sie mir helfen können?"

„Wollen Sie mir dann vielleicht erzählen, warum Sie Herrn Doktor Schwartz konsultiert haben. Vielleicht erklärt es sich dann!"

Luisa nickte und begann nochmal die Ereignisse der letzten Tage in Ihrer Wohnung zu erzählen. Sie fügte auch noch den gestrigen Abend hinzu. Der Psychiater hörte sich alles an. Auch er stellte keine Zwischenfragen, notierte sich jedoch auch nichts. Diese Tatsache war angenehm, da sie das Gefühl bekam einem Freund die Geschichte zu erzählen und nicht einem Fachmann, der sich zu bestimmten Reizwörtern kleine Notizen machte und sie somit analysierte und womöglich in einem bestimmten Krankheitsbild einsortierte. Auch das Mienenspiel des Mediziners war neutral. Es wurden keine Lippen geschürzt oder Brauen hochgezogen. Er änderte auch nicht seine Sitzposition, während er sich alles anhörte. Er war einfach ein Zuhörer, dessen Aufmerksamkeit ihr allein galt. Aufgrund der Stille ihres Gegenübers fügte Luisa einen Satz nach dem anderen bei und schilderte automatisch nicht nur die Ereignisse, sondern auch bereits ihre Eindrücke, Gefühle und Ängste. Auch dabei gab der Mediziner keine Einwände oder Erklärungen ab. Als sie nach einer Viertelstunde ihren Redefluss beendete, fühlte sie sich erleichtert. Und zwar noch mehr als gestern Abend, nachdem sie Sophie ihr Herz ausgeschüttet und den Dialog oder vielmehr Trialog geführt hatte. Je mehr sie sich mit dieser Geschichte öffnete, desto weniger Druck lag auf ihr allein. Nun waren auch andere in Kenntnis gesetzt, die sie unterstützen. Jetzt hatte sie Gefährten an ihrer Seite.

Lothar Weinmann wartete noch einen Augenblick bis er sicher war, dass seine Patientin nichts mehr zu ihrem Monolog beifügen wollte. Luisa sah zuerst auf den Boden und anschließend in seine Augen. Mit dieser Geste wusste der Psychiater, dass er übernehmen sollte.

„Sie sind ziemlich erschrocken und überfordert mit dieser Geschichte, nicht wahr?", fragte er ruhig, wobei er seine Sitzposition immer noch nicht veränderte.

Luisa nickte. Sie öffnete ihre Handtasche und holte eine Kaugummipackung heraus. Bevor sie sich einen Drops in ihre freie Handfläche schüttelte, bot sie dem Mediziner einen an. Er verneinte mit einer ruhigen Kopfbewegung und setzte seine Sätze fort.

„Als erstes möchte ich Ihnen danken, dass Sie sich mir so geöffnet haben. Es fällt vielen Menschen am Anfang schwer, sich einem Fremden gegenüber so zu offenbaren. Das war gut und wird Ihnen auch schneller helfen. Denn die größte Kraft der Beeinflussung ist die Geheimhaltung dessen!"

Luisa glaubte ihm. Sie fühlte sich besser und nickte mit gesenktem Blick, da sich wieder Tränen in ihren Augen sammelten. Das passierte ihr immer, wenn ihr Verständnis und Anteilnahme entgegengebracht wurden.

„Was mich als Erstes interessiert, kennen Sie diese Stimme? Ich meine, können Sie sie jemandem zuordnen?", fragte der Mediziner.

Luisa überlegte einen Augenblick.

„Nee. Die habe ich vorher noch nie gehört!"

„Hmm."

„Warum fragen Sie?"

Lothar Weinmann lehnte sich etwas nach vorne und sah ihr in die Augen.

„Ich habe schon mit vielen Menschen gesprochen, die mit Stimmen kommunizieren, die nur in ihrem Kopf zu hören sind. Die meisten erzählten mir, dass sie die Stimmen Personen zuordnen konnten, die sie kannten. Sei es zumal verstorbene Verwandte oder auch ehemalige Lehrer oder Personen, denen sie im Leben begegnet sind. Diese Menschen haben im Unterbewusstsein einen solchen Eindruck hinterlassen, dass das Gehirn unverarbeitete Konflikte im Nachhinein klären will. Verstehen Sie, was ich damit meine?"

Luisa kniff die Augen zu und legte den Kopf schief.

„Nehmen wir einmal das Beispiel, dass Sie in ihrer Kindheit einen strengen Lehrer hatten, der Sie öfter in die Ecke zitiert oder Sie vor gesamter Klasse gedemütigt hatte. In ihrem Unterbewusstsein ist dieser Mensch als Tyrann abgespeichert, der Sie bei jeder missglückten Aktion anfährt. In ihrem späteren Leben kann dieser unterdrückte Konflikt wieder an die Oberfläche gelangen und Sie im Kopf wieder ansprechen. Dann jedoch wäre diese Stimme auch genau die Stimme des bekannten Lehrers. Viele meiner Gesprächspartner konnten nach dieser Frage von mir wirklich eine Person bestimmen. Meistens ging es ziemlich schnell, einige jedoch benötigten eine gewisse Zeit, sich wieder zu erinnern."

Luisas Blick verklärte sich und ihr Gegenüber bemerkte, dass sie sich nun genau diese Fragen stellte.

Hatte sie unterdrückte Konflikte? Sind ihr in ihrem Leben Menschen begegnet, die sie so beeinflussen konnten? Sie konnte sich an keine Person erinnern. Sie konnte diese Stimme auch wirklich niemandem Bekannten zu ordnen.

Luisa schüttelte langsam den Kopf und sah Lothar Weinmann anschließend an.

„Wie gesagt, dass muss nicht so sein. Vielleicht kommt in den nächsten Tagen eine Erinnerung zu Tage. Vielleicht ja auch nicht! Manchmal wäre dieses eine Erklärung, die uns einen großen Schritt nach vorne bringen würde!", sagte der Mediziner.

„Bedeutet das, dass ich ein hoffnungsloser Fall bin?"

Lothar lächelte.

„Hoffnungslose Fälle hatte ich noch nie in meinen Räumen!"

Die nächste Dreiviertelstunde verging damit, dass der Mediziner ihr viele Fragen stellte, auf die sie konkrete, aber auch oftmals keine Antworten parat hatte. Viele Fragen verunsicherten sie und andere machten sie auch traurig. Es waren Fragen wie, ab wann die Stimme in ihr Leben drang? Welche großen Veränderungen in letzter Zeit in ihrem Leben stattfanden? Was die Stimme von ihr verlangte? Ob sie sie beeinflusste? Ob sie einfühlsam oder aggressiv war? Ob sie jemanden zum Reden brauchte? Ob sie sich unverstanden fühlte?

Als Luisa die Praxis verließ und die Tür hinter ihr zu fiel, fühlte sie sich unglücklicher als zuvor. Dieser Termin tat ihr nicht gut. Das Gespräch war angenehm, aber die Fragen des Arztes vermittelten ihr das unsichere Gefühl, ob ihr Leben wirklich in die richtige Richtung verlief. Den Weg zurück in ihre Wohnung nahm sie nicht bewusst wahr. Sie stieg in den Bus, setzte sich auf einen freien Platz, sah die Welt durch die Scheibe an sich vorbeiziehen und stieg an ihrer Haltestelle wieder aus. Ob sie in dieser Zeit jemanden gesehen hatte, den sie kannte, konnte sie nicht sagen, da sie die ganze Zeit ihren Gedanken nachging. Erst als sie den Schlüssel in die Haustür steckte, drang die Umgebung wieder in ihr Bewusstsein. Der Geruch des Treppenhauses strömte in ihre Nase und schob die Gedanken beiseite. *„Oh Mann, Theodor muss bestimmt am Verhungern sein."*

Sie eilte die Treppe nach oben und hörte immer deutlicher ein Telefonklingeln. Das war der Klingelton ihres Festnetzanschlusses. Sie erreichte ihr Stockwerk und schloss schnell die Wohnungstür auf. Theodor empfing sie bereits empört und versperrte ihr den Weg zum Telefon.

„Ey, mach' Platz. Du bekommst ja gleich was zu Fressen!"

Sie schob Theodor vorsichtig mit dem Bein beiseite und eilte zum Mobilteil ihres Telefons. Sie drückte die Annahmetaste.

„Kemmer!"

„Ach, Sie sind doch da. Gemeinschaftspraxis Tümmler und Schwartz, Krüger!"

„Hallo!"

„Hallo Frau Kemmer. Die Ergebnisse aus dem Labor sind heute bei uns angekommen. Die Anzahl der Leukozyten ist ziemlich hoch, was ein Anzeichen für Leukämie darstellen kann. Wir möchten Sie daher …!"

Die Stimme am Telefon wurde leiser und Luisa vernahm eine weitere aufgebrachte Stimme im Hintergrund. Luisa erstarrte und ihr Hals schnürte sich langsam zu, sodass sie ihr pulsierendes Blut im Kopf spürte und im Ohr rauschen hörte. Ihr Körper begann zu Glühen.

„Leukämie!"

„Hallo Frau Kemmer, hören Sie?"

„Frau Kemmer, sind Sie noch dran?", kam langsam eine leise Stimme wieder in ihre Nähe.

Luisa drückte den Hörer dichter ans Ohr.

„Ja!"

„Frau Kemmer, hier ist Frau Stellmann. Bitte entschuldigen Sie die Aussage meiner Kollegin. Die erhöhte Anzahl sagt natürlich nicht aus, dass Sie an einer Leukämie erkrankt sind. Es kann mehrere Ursachen haben, die wir bei einem weiteren Differentialblutbild herausfinden werden, welches wir angefordert haben. Wir möchten Sie nur bitten, sich in den nächsten Tagen bereit zu halten, damit wir Sie kontaktieren können. Also fahren Sie in der Zeit bitte nicht in den Urlaub."

Luisa hörte sich die Worte der Arzthelferin ruhig an.

„Frau Kemmer, haben Sie mich verstanden?"

„Leukämie?", fragte sie.

„Nein. Es besteht bei einer erhöhten Anzahl von Leukozyten der Verdacht. Aber auch nur der Verdacht. Es kann zig andere Ursachen haben. Wir möchten den Verdacht nur ausschließen und haben Sie daher informiert. Frau Kemmer. Nochmal, Sie haben keine Leukämie!"

„Okay!", antwortete Luisa. „Wann haben Sie die endgültigen Ergebnisse?"

„Das kann einige Tage dauern, aber bitte machen Sie sich keine Gedanken. Wir werden Sie sofort anrufen, wenn die Ergebnisse vorliegen!"

„Okay", gab Luisa nochmal mit monotoner Stimme von sich.

„Ich möchte Sie nochmal fragen, ob Sie verstanden haben, was ich Ihnen eben gesagt habe?"

„Ja, keine Leukämie. Bis jetzt!"

„Auch danach nicht. Bitte warten Sie in Ruhe die Ergebnisse ab. Wir melden uns bei Ihnen, ja?"

„Ja, das ist nett! Auf Wiederhören!"

„Auf Wiederhören, Frau Kemmer!"

Luisa brauchte drei Versuche das Mobilteil wieder auf dessen Ladeschale zu stellen. Ihre Hände und Beine zitterten. Ihr Körper wechselte seine Temperatur sekündlich. Mit langsamen Schritten trat sie in die Küche. Sie setzte sich auf einen Stuhl, beugte sich vor und vergrub ihren Kopf in ihre Arme, die sie vor sich auf dem Tisch verschränkte. Tränen schossen ihr aus den Augen und düstere Gedanken füllten ihren Kopf. Ab und an zog sie die Nase hoch. Das war das einzige Geräusch, was sie von sich gab. Aber es reichte, um jemanden aufmerksam zu machen.

„Hey, was ist denn los?", ertönte die ruhige Männerstimme in ihrem Kopf.

Luisa vergrub ihren Kopf tiefer in ihren Armschutzwall und wollte nicht mit ihm sprechen. Sie wollte ihn verdrängen. Wenn sie die Augen verschloss und sich hier einigelte, hoffte sie, auch der Stimme zu entfliehen.

„Luisa, ich kann sie nicht weinen sehen. Äh, ich meine ... ich kann sie nicht so traurig erleben. Darf ich Sie trösten?" Die Stimme klang feinfühlig.

Luisa atmete tief ein. Sie brauchte jetzt jemanden zum Reden. Eigentlich eher eine Freundin oder ein Familienmitglied anstatt einem Geist oder Hirngespinst. Jedoch ist diese Stimme jetzt da, und sie kann jetzt Unterstützung gebrauchen.

„Hm!", knurrte sie leise.

„Ich deute das als ein Ja!", bekam sie als Antwort. „Was ist denn los?"

Luisa putzte sich die Nase und erzählte von dem Telefongespräch und dessen vorangegangen Bluttest. Sie stellte mehrere Fragen, ohne deren Antworten abzuwarten, wie zum Beispiel: Warum die Welt sich gegen sie verschworen hat? Warum sie? Was hatte sie falsch gemacht, damit das Schicksal oder das Karma sich so rächt? Warum läuft alles schief? In ihren Partnerbeziehungen, seit kurzem auch ihre berufliche Karriere, dann die Stimme im Kopf, die nicht unbedingt normal ist und jetzt noch die Möglichkeit in ihrem Alter an Leukämie zu sterben. Als Luisa ihren Monolog tränenreich beendet hatte, wartete die Stimme im Kopf, bevor sie zu sprechen begann.

„Liebe Luisa, ich kenne solche Zeiten. Ich habe nicht die gleichen Ereignisse gehabt wie Sie, aber auch viel Scheiße im selben Moment. Oh, entschuldigen Sie den Ausdruck! Jedenfalls hat man das Gefühl, dass jemand da oben einen bestrafen will!" Es folgte eine kleine Pause bevor der nächste Satz folgte.

„Ich hatte auch aussichtlose Momente, die mich völlig aus der Bahn warfen!"

„Und wie haben Sie das gelöst?", fragte Luisa leise.

„Nachdem ich mich erst mal mehrere Tage bemitleidet habe, denn ich hatte zu der Zeit Niemanden, dem ich mich öffnen konnte, bin ich die einzelnen Probleme nach und nach angegangen. So konnte ich einen Knoten nach dem Anderen lösen. Und nur so geht es!"

Luisa schwieg.

„Also, wenn ich das alles richtig verstanden habe, haben wir in Ihrem Fall zwei noch unbestimmte Ereignisse und zwei Sachen, die scheinbar Fakt sind, man aber selbst ändern kann!"

„Was?"

„Also, ich denke, was Sie momentan am meisten aus der Bahn wirft, ist die Mitteilung der Sprechstundenhilfe Ihres Arztes. Diese Aussage ist unverbindlich! Sie klingt beängstigend, wenn Sie bestätigt wäre, kann aber mehrere andere Ursachen haben, so dass wir diese Tatsache so weit wie möglich verdrängen sollten, bis wir hier Klarheit haben. Klingt schwierig, ich weiß, aber man verbrennt so viel Zeit und Energie für etwas, das nachher vielleicht gar nicht eintrifft. Das mit der Stimme im Kopf ist eine nicht zu erklärende Sache, aber die habe ich auch und ehrlich gesagt, finde ich sie sehr charmant und aufregend anstatt beängstigend. Ich für meinen Teil kann Ihnen nur versprechen, dass ich Sie nicht aus der Bahn werfen werde. Ich werde Sie nicht belästigen, wenn Sie mir den Mund verbieten. Bitte sehen Sie mich eher als einen Dschinn, der Ihnen hilft, statt eines Dämons, der Sie in den Wahnsinn treiben will. Also nehmen Sie die Tatsache, dass wir miteinander kommunizieren können, als Gewinn an und nicht als Strafe. Nun bleiben vorerst nur die beiden Tatsachen, die wir selbst ändern können: Die Karriere und die Liebe. Lassen Sie uns darauf unseren Fokus legen. Da Sie heute bestimmt nicht mehr zur Arbeit gehen, konzentrieren wir uns auf die Männer. Das ich mal so einen Satz sagen werde, hätte ich nicht gedacht!" Die Stimme lachte und Luisa musste mitschmunzeln.

„Wissen Sie, mir ist heute nicht so …!"

„Und genau aus dem Grund, ist heute der beste Tag dafür! Rufen Sie Sophie an, dass Sie beide heute ausgehen werden. Wenn Sie sie nicht anrufen, mache ich das!"

„Was?"

„War 'n Scherz. Das müssen Sie eben noch machen. Ich helfe Ihnen bei den Männern! Denn Sie haben heute Abend einen kleinen Vorteil. Sie haben einen männlichen Souffleur in Ohr, der genau weiß, was Männer denken und hören wollen!"

„Das ist nett, aber wissen Sie heute …" Erneut wurde Luisas Einwand unterbrochen.

„Vergessen Sie die mögliche Leukämie. Und auch wenn, dann haben Sie einen viel besseren Grund diesen Abend zu nutzen und auf Männerfang zu gehen!"

Die Worte waren brutal aber trafen ihr Ziel. Luisa nickte.

„Rufen Sie Sophie an?"

Sie lächelte und antwortete brav ihrem Coach.

„Okay!"

Sophie hatte bereits einen Termin, cancelte diesen aber, nachdem Luisa ihr die heutigen Ereignisse erzählt hatte. Sie fand es toll, dass genau an diesem Tag keine Trübsal geblasen werden sollte. Sie verabredeten sich um zwanzig Uhr. Nach einer langen herzlichen Umarmung sahen sich die beiden jungen Frauen lange an und bewunderten sich gegenseitig über die souverän gewählte Abendgarderobe. Beide zeigten Beine, die in hohen Schuhen bestimmt die doppelte Länge bekamen. Nach knapp einer Stunde öffnete Luisa die zweite Hugoflasche, während sie parallel ein Taxi bestellte. Ihre schwarzen Gedanken waren während der ersten Flasche weggespült worden.

„Kann mir dein Dschinn einen muskulösen Schönheitschirurgen, Anfang dreißig, klarmachen?", fragte Sophie und Luisa lachte, während sie mit der linken Hand ein imaginäres Headset am Ohr antippte.

„Hallo Mister. Haben Sie die Bestellung aufgenommen? Over!" Luisa lachte glucksend los und verschüttete etwas Hugo auf den Küchenboden.

„Betrunkene Frauen sind ein Traum für alle Männer!", kam als nüchterne Antwort.

Wieder mal zuckte Luisa zusammen.

„Oh, Sie sind schon da. Ich hatte Sie erst um Mitternacht bestellt!"

Sophie schaute Luisa mit großen Augen an.

„Ist er da?"

Luisa nickte.

„Na, wenn Sie sich schon locker vorbereitet haben, will ich das auch mal tun. Haben Sie einen Moment? Ich schenk' mir ein Glas Rotwein ein!", erklärte die Männerstimme.

„Oh, aber bitte nicht so viel. Sie müssen noch relativ nüchtern bleiben!"

„Wieso muss ich heute Abend noch schwere Maschinen bedienen?"

„Werden Sie nicht unverschämt, Sie reden hier mit zwei überaus attraktiven Endzwanzigern mit Modelmaßen!"

„Beleidigt er uns etwa?", wollte Sophie wissen.

Herzhaftes Lachen drang in Luisa Ohr, bevor sich die Stimme wieder fing und sich entschuldigte.

„Nein, keine Sorge. Ich werde stets Herr der Lage bleiben und Sie beide sicher durch den Abend führen, solange Sie mich brauchen. Soll ich mich auch chic anziehen?"

„Wenn es uns Vorteile bringt, gerne! Wieso, was haben Sie denn an?" Luisa schaute auf ihre Armbanduhr.

„Bestimmt tragen Sie jetzt schon einen Flanell-Schlafanzug im Holzfäller-Karo-Look und beige Plüschpantoffeln?"

„Ich weiß nicht, ob es so ratsam ist, seinen Mentor vor dem großen Auftritt zu verärgern!", kam als Antwort.

„Ui!" Luisa hielt ihre Hand vor dem Mund. „Volltreffer, was? Nur das gestochene Schwein, quiekt!"

„Frau Kemmer. Reißen Sie sich zusammen. Ich glaube, es ist besser, wenn ich heute Abend mit Sophie kommuniziere."

„Er will mit dir sprechen!" Luisa sah Sophie an.

„Okay, wenn ich ganz dicht zu dir komme und mein Ohr gegen deins presse!" Sophie setzte ihren Plan um und so hingen die beiden Frauen Ohr an Ohr.

„Sie müssen schon was sagen!", befahl Luisa und nahm einen Schluck aus ihrem Glas.

„Sophie, können Sie mich hören?" Die Stimme brüllte nun in Luisa Kopf und ließ sie erneut zusammenzucken.

„Ah, verdammt! Hast du was gehört?", fragte sie daraufhin ihre Freundin.

„Nö!"

„Ich glaube, Sie müssen doch mit mir Vorlieb nehmen!"

„Wenn 's sein muss! Wann geht's denn los, damit ich vorher noch meine Schlafmaske suchen kann!"

Luisa prustete los.

„Das glaube ich Ihnen sogar!"

„Ich klinke mich noch mal aus. Wenn Sie am Start sind, rufen Sie mich wieder."

„Oder ich reibe einfach an der Flasche!", schlug Luisa vor.

Danach waren die beiden Frauen akustisch wieder unter sich und konnten endlich die zweite Flasche leeren. Das Taxi kam nach einer halben Stunde und beförderte sie in die Innenstadt. Nach mehreren Kneipenwechseln waren sie in einem Club angekommen, der um Mitternacht noch nicht mal ein Viertel gefüllt war.

Luisa fielen bereits die Augen zu, und sie schaute gelegentlich schon auf ihre Armbanduhr. Sophie bemerkte jedoch, dass eine Männergruppe sie in Augenschein genommen hatte.

„Lass dir nichts anmerken, aber ich glaube wir werden beobachtet!", zischte Sophie leise.

Luisa sah sie an und wollte sofort hinschauen, doch Sophie stoppte ihren Drang, in dem sie ihren Finger hob.

„Konzentrier dich! Jetzt nicht hinschauen. Wir haben 's nicht nötig!", ermahnte Sophie sie mit einem leichten Grinsen.

„Außerdem kommt der Trupp schon rüber. Du solltest jetzt vielleicht Amor aktivieren!"

Luisa drehte nun doch ihren Kopf in die Richtung der aufmarschierenden Männer, während sie mit ihrer Hand zufällig den Sitz ihrer Stöckelschuhe überprüfte. Bei dieser Bewegung fuhr sie mit ihrer Hand langsam ihre Wade entlang. Mehrere Blicke der Männer folgten dieser Bewegung. Sie grinste, richtete sich anschließend wieder auf und drückte dabei ihren Rücken durch, was ebenfalls eine bestimmte Wirkung auslöste.

„Na, meine Damen. Sie wirken dehydriert!", sagte ein brünetter Mann, mit dichtem Haar, welches das linke Auge verdeckte. Mit einer raschen Kopfbewegung ließ er es anschließend nach hinten fliegen, um seine beiden grünen Augen zu präsentieren. Ein weiterer Kollege von ihm drückte seinen Oberkörper gegen Luisas Rücken, so dass sie sich zu ihm umdrehte. Scheinbar war diese Bewegung ungewollt, da der Blonde sich im selben Moment zu seinen Kumpels umdrehte, die ihn gackernd anstrahlten.

„Tschuldigung, meine Freunde haben mich etwas geschubst."

Luisa schaute ihn nur an und nickte. Er sah gut aus. Er war groß, blauäugig und hatte nicht so lange Haare wie Prinz Charming neben ihm. Er trug ein weißes Hemd und dunkle Jeans. Mit einem Lächeln präsentierte er seine geraden Zähne und kleine Grübchen rechts und links neben seinen Lippen. Er sah echt toll, fast zu toll aus. Luisa lächelte zurück und schwieg.

„Können wir Euch etwas zu trinken bestellen?", fragte er.

Sophie und Luisa sahen sich an.

„Wir hatten zwei Hugo. Wenn das ginge, wäre es schön!", gab Sophie von sich und der Brünette hob seinen Arm für die Bestellung.

„Ich habe Euch hier noch nie gesehen!", gestand der Blonde. „Übrigens, ich heiße Jeff!" Er streckte seine rechte Hand aus.

Luisa nahm sie und antwortete.

„Angenehm, ich heiße Luisa. Jeff ist ein sehr ungewöhnlicher Name?"

Die beiden Männer grinsten sich kurz an.

„Das höre ich immer. Meine Eltern meinten, dass amerikanische Namen ein Kind individueller entwickeln lassen!" Er zuckte mit den Schultern und sah an ihnen vorbei zum Barkeeper.

„Dann kannst du mich gerne Luise nennen!"

Jeffs Blick verriet nicht, ob er das Angebot gut fand oder nicht. Die Getränke kamen und man prostete sich gegenseitig zu. Nach leichtem Smalltalk driftete der Blick von Jeff mehrmals ab und Luisa merkte, wie er den Club weiter scannte. Da sich der brünette Prinz bereits zurück zu den anderen gesellt hatte, war auch Jeff im Begriff zu gehen.

„Wir sehen uns!", kam über seine Lippen, bevor er sich umdrehte. Auf einmal ertönte eine wohlbekannte Stimme in Luisas Kopf.

„Frag ihn, ob er einen Jägermeister verträgt!"

Luisa blinzelte kurz, überlegte schnell und rief ihm nach.

„Was hältst du von einem Shot?"

Jeff drehte sich um.

„Was?"

„Jetzt gebe ich einen aus! Aber nicht so ein Geplänkelwasser!"

Der Mann öffnete seinen Mund und kam langsam zurück zu ihr. Da er immer noch nichts von sich gab, übernahm Luisa die weitere Konversation.

„Wenn du einen ausgibst, kann ich das auch. Was hältst du von Jägermeister?"

Er grinste und nickte. Sie drückte sich vom Hocker und schob sich halb auf den Tresen, um den Barkeeper herzuwinken. Sie bemerkte den Blick des Mannes auf ihrem Körper.

„Sophie, auch einen?"

„Nee, danke!"

„He, zwei Jägermeister bitte!", rief sie dem Barmann zu und rutschte wieder auf den Hocker.

„Was ist mit deinem Kumpel?"

Jeff drehte sich um und sah zu den Anderen hinüber.

„Ach, der ist beschäftigt!", kamen jetzt die ersten verdutzten Worte aus ihm heraus. Die beiden gefüllten Gläser wurden vor ihnen präsentiert. In dem Moment kam wieder die Stimme im Kopf zum Vorschein.

„So, und nun sprich mir langsam folgende Worte nach: …"

Luisas Augen funkelten den Mann gegenüber an, während sie lächelte und langsam den Mund öffnete.

„Das ist des Jägers Ehrenschild, dass er beschützt und hegt sein Wild. Weidmännisch jagt, wie sich 's gehört, den Schöpfer im Geschöpfe ehrt. Prost!"

Sie führte das Glas zum Mund und schüttete mit einer schnellen Bewegung die bittere Flüssigkeit herunter. Jeff tat es ihr sprachlos nach. Luisa lachte, sprang auf, schnappte sich Jeffs Hand und zog ihn hinter sich her.

„Komm' wir tanzen, das ist mein Lieblingslied!"

Mit schnellen Schritten zog sie ihren Fang auf die Tanzfläche. Die lauten Beats drangen in ihr Ohr und somit hörte sie den letzten Satz in ihrem Kopf nur ganz undeutlich.

„Sie haben ein tolles Lachen, Luisa!"

Am nächsten Morgen wachte Luisa erst gegen zehn Uhr, mit leichten Kopf- und Rückenschmerzen, auf. Es war Samstag und Theodor lag auf ihrem Rücken, der sein Frauchen mit dieser Maßnahme zur Fütterung animieren wollte. Sie quälte sich langsam aus dem Bett und schlurfte ins Badezimmer. Nachdem sie zwei Kopfschmerztabletten eingenommen hatte, begann sie mit dem Zähneputzen und dem anschließenden Gurgeln. Das Geräusch ließ ihre innere Stimme erwachen.

„Guten Morgen, Luisa! Sind sie daheim?"

„Hmm!", antwortete sie mit vollem Mund.

„Wie ist ihr Abend gelaufen?", kam die nüchterne Frage in ihr.

„Sie waren doch dabei!"

„Ich habe Sie nachher allein gelassen. Von wegen Intimsphäre und so!"

„Es war toll. Ich habe viel getanzt und bin so gegen drei zu Hause gewesen!"

„Allein?"

Luisa lächelte.

„Natürlich allein. Aber mit einer Telefonnummer im Gepäck!"

Auf dem Flur ertönte das Telefon und sie schlenderte dahin. Als sie den Hörer griff, schaute sie auf das Display. Ihr Lächeln verschwand und sie nahm den Anruf entgegen.

„Hallo Brüderlein!", trällerte sie dennoch in Telefon.

„Hey Isa, wie geht 's dir?"

„Ganz gut. Bin 'n bisschen müde. War gestern im Club. Ist spät geworden!"

„Du wirst es überstehen! Und jemanden am Start?", wollte ihr Bruder Dennis wissen.

„Quatsch, bei mir ist alles solo, wie immer." Luisa wurde leiser. „Warum rufst du an?"

„Ich hatte die Tage mit Mama gesprochen. Sie sagte, ich könnte mich mal wieder bei dir melden. Und das mach' ich jetzt. Ist wirklich alles in Ordnung? Mama hat ja manchmal so ein Radar und merkt, wenn etwas los ist. Also erzähl!"

Luisa ging ins Wohnzimmer und rutschte in den Sessel, wobei sie die Beine über die Seitenlehne hing. Sie wusste nicht, ob sie ihm alles erzählen sollte. Sie hatte Sophie und Lothar Weinmann über ihre Stimme informiert und ihrer Stimme über den Leukämieverdacht. Dennis könnte ihr vielleicht beim Problem im Job helfen und so begann sie über die letzten Tage, nachdem Ausfall ihrer Vorgesetzten, zu erzählen. Ihre Ideen und Umsetzungen und wie sie von der Kollegin hintergangen wurde. Dennis war ein guter Zuhörer und mit jedem gesprochenen Wort fühlte es sich an, als ob nach und nach kleine Steine aus ihrem Magen bröckelten. Er hörte ihr zu und ließ sie alle Ereignisse und Gedanken in Ruhe aussprechen. Luisa beendete Ihren Monolog mit einer Frage.

„Was soll ich denn unternehmen? Ich mach' die ganze Arbeit und sie heimst die Lorbeeren ein!"

Dennis schwieg immer noch. Er war erfolgreich in seinem Job. Verdiente so viel Geld, dass er die Familie allein ernähren und die Tilgung für das Haus bestreiten konnte. Während sie Marketing studierte, hatte er sich für Informatik entschieden und hatte bereits während seines Praxissemesters ein Jobangebot in dem Unternehmen angeboten bekommen. Er war gut in dem, was er tat. Nur war er, genauso wie sie, introvertiert veranlagt. Eine Eigenschaft, die in der Informatik keine großen Probleme bereitete. Im Marketing für Führungspositionen jedoch eher unvorteilhaft war. Seine Herangehensweise an solche Themen war auch nicht heroisch.

Dennis schnaufte hörbar.

„Also Isa. Ich würde den Vorgesetzten mit meinem Können überzeugen. Über kurz oder lang wird sich deine Qualität durchsetzen. Irgendwann fällt deinem Chef auf, dass sich hinter den langen Haaren und dem Seidenblüschen eine Niete verbirgt. Also mach' deinen Job so gut wie immer und dann wird das auch honoriert werden. Was willst du da jetzt für einen Krieg anzetteln!"

Das war die Vorgehensweise, die sie auch vornehmen wollte. Geschwister tickten halt gleich. Daher verstanden sie sich auch so gut. Dennoch fühlten sich die Worte nicht so gut an. Luisa glaubte, dass sich mit diesem Verhalten für sie nichts ändern würde. Die erfolgreichen Menschen sind nicht immer die fleißigsten und kompetentesten, sondern meist die Lauten und Schönen. Sie wusste selbst nicht, was sie ihrem Bruder in der gleichen Situation empfohlen hätte. Aber sie hatte sich etwas von der Seele reden können und schon das war hilfreich. Stille kehrte zwischen ihnen ein. Dann fragte Luisa noch etwas.

„Dennis, sag' mal kannst du dich noch an Onkel Hermann erinnern? Der hatte doch einen Nervenzusammenbruch und war für eine längere Zeit in einer Klinik."

„Das war keine normale Klinik, das war 'ne Klapse!", antwortete ihr Bruder.

Luisa fragte nicht weiter und nach wenigen Sätzen beendeten sie ihr Telefonat. Kurz darauf klingelte das Telefon erneut.

„Hey Sophie, wie geht 's dir? Wieder nüchtern?"

„Die Frage wollte ich eigentlich dir stellen. Das war ein toller Abend. Hat echt Spaß gemacht!", antwortete Luisa ihrer Freundin.

„Fand ich auch! Sag' mal, hast du heute Abend schon etwas vor? Ich würde gerne vorbeikommen und wenn das in Ordnung ist, jemanden mitbringen?", fragte Sophie.

„Einen Mann?"

„Nein, aber einen netten Menschen. Erzähl' ich dir dann. Ist das okay?"

„Klaro. Muß ich extrem aufräumen?", wollte Luisa wissen.

Sophie lachte.

„Nein, mach dir keine Mühe. Also sind wir so gegen acht Uhr bei dir? Ich bring auch Pizza mit!"

„Was soll ich jetzt noch für Einwände haben!", kam von Luisa und sie beendete auch dieses Gespräch, da sich bei dem Wort

Pizza ihr Magen meldete und nach Frühstück verlangte. Auch Theodor mauzte nach Futter und sie eilte in die Küche.

Der Vor- und der Nachmittag verflogen an diesem Samstag nur so und gegen kurz vor acht klingelte es an ihrer Tür. Sie war gespannt, wen Sophie im Schlepptau hatte. Sie hatten sich seit mehreren Monaten nicht mehr gesehen und jetzt jeden Tag. Es war schön. Sie genoss die gemeinsame Zeit mit ihrer Freundin und hoffte, dass es Sophie auch so ging. Luisa war bereits in der Küche und füllte Rotwein in drei Gläser, während die Wohnungstür aufgedrückt wurde und Stimmen den Flur füllten. Nach ein paar Sekunden zog der Duft von warmen Teigwaren in die Küche und wurde von Luisa inhaliert.

„Das riecht köstlich!", rief Luisa aus der Küche.

„Das sind wir!", kam als Antwort. „Und wir haben noch Essen mit!"

Sophie trat in die Küche und hielt Luisa die drei Essensschachteln entgegen. Sie stellte die Kartons auf den Tisch und umarmte sie kurz.

„Darf ich dir Frauke vorstellen?"

Hinter Sophie trat eine Frau Ende vierzig in die Küche. Ihre langen, grau melierten Haare hingen wild herunter. Sie hatte einen beigen Strickpullover und eine grüne Jeans an. Ihr Blick wanderte an Luisas Küchendecke entlang, bevor sie direkt vor ihr stand. Luisa streckte ihr die Hand entgegen und mit einer langsamen Bewegung wurde diese gegriffen.

„Angenehm, ich bin Luisa. Woher kennen Sie sich beide?"

Erneut wanderte der Blick von Frauke durch den Raum.

„Frauke ist mir durch eine Kollegin empfohlen worden. Sie ist spirituell begünstigt."

Luisa schaute ihre Freundin verblüfft an. Als Sophie den Kopf schräg legte und lächelte griff Luisa sie am Arm und zog sie zur Tür.

„Frauke. Du kannst dich ruhig schon setzen. Ich muss Sophie nur kurz einen Brief zeigen."

Die beiden Frauen verschwanden daraufhin im Wohnzimmer und schlossen hinter sich die Tür.

„Was, schleppst du mir hier eine Hexe ins Haus?"

Sophie grinste.

„Das ist keine Hexe! Mehr so ein Medium. Ich dachte, vielleicht kann sie ja etwas über die Stimme in Erfahrung bringen. Du bist doch sonst auch allem gegenüber so aufgeschlossen!"

Luisa ging im Wohnzimmer auf und ab.

„Wie bist du denn auf die gekommen? Hast du auf der Arbeit erzählt, was mit mir nicht stimmt?"

„Quatsch. Die Ojuna hat …"

„Die wer?"

„Ojuna!"

„Was ist denn das für 'n Name?"

„Ihre Eltern oder Großeltern stammen aus der Mongolei und da hat sie dann diesen Namen bekommen. Ist doch egal!"

Luisa blieb nun vor ihr stehen.

„Erzähl weiter von Deiner Oranje."

„Ojuna! Sie wollte mal mit ihrer verstorbenen Großmutter kommunizieren, weil in der Familie Unklarheiten bei einem Familienzwist vorlagen. Keiner kannte die weit zurückliegende Ursache dafür. Ojuna ist dem Übersinnlichen nicht abgeneigt und hat dann in ihrem Hause mit der Familie eine Séance abgehalten. Ein Bekannter hatte ihr dafür ein Medium empfohlen. Dieses mysteriöse Medium heißt Frauke!" Sophie lächelte Luisa an.

„Ich habe niemandem von dir und der Stimme erzählt. Ich hatte Ojuna nur nach den Kontaktdaten des Mediums gefragt, und die hatte sie mir ohne Gegenfrage gegeben!"

Beide schauten sich in die Augen.

„Ein Versuch ist es doch wert. Und wenn es nichts bringt, haben wir einen unheimlichen Abend und eine tolle Story für später. Ich bezahl' sie auch!"

Luisa schnaufte und schaute zu Boden. Sie konnte sich die Ursache der Stimme ja auch nicht erklären. Es war kein medientechnischer Scherz. Das hatte sie überprüft. Die Ärzte sind auch nicht viel erfolgreicher mit ihrer Ursachenklärung. Weder physisch noch psychisch ist dieses Phänomen einzugrenzen. Vielleicht ist es ja echt ein Geist, der sich auf sie fokussiert hat und den nur sie hören konnte? Vielleicht ein verstorbener Verwandter, der ihr etwas mitzuteilen hatte? Bei dem Gedanken stellten sich ihre Unterarmhärchen auf.

„Meinetwegen. Vielleicht ist das ja auch wirklich ganz witzig!"

„Na also. Übrigens habe ich tierischen Hunger. Das sagt mir meine innere Stimme, aber ich glaube die kannst du mittlerweile auch schon hören!" Sophie zeigte auf ihren Bauch und grinste.

Eine viertel Stunde später lehnten sich die drei Frauen gesättigt zurück.

„Müssen wir irgendetwas vorbereiten?", wollte Luisa wissen.

„Es wäre schön, wenn wir den Tisch frei räumen könnten."

Frauke stand auf und beförderte Sektkorken aus ihrer Handtasche und verteilte zwei auf der Fensterbank und der Küchenarbeitsplatte. Sophie und Luisa räumten die Teller und die leeren Schachteln beiseite, während das Medium nun Räucherstäbchen in die Korken steckte und anzündete. Weitere Exemplare davon kamen auch im Flur zum Einsatz. Schnell verbreitete sich ein Geruch von Jasmin in der Wohnung. Wortlos kommentierten die beiden Freundinnen den Einsatz dieser Beräucherung mit Blicken. Anschließend nahmen die drei an dem Küchentisch Platz.

„Haben Sie eine Vermutung, wer sie auserwählt hat?", fragte Frauke.

Luisa schüttelte den Kopf.

„Es ist irgendein Mann, dessen Stimme ich nicht kenne oder zuordnen kann!"

„Haben Sie denn irgendwelche Fragen an ihn?"

Luisa und Sophie sahen sich an und schmunzelten.

„Ich habe ihm schon viele Fragen gestellt und Antworten erhalten, also …!"

Frauke schaute sie verwundert an.

„Also ich weiß nicht genau, was Sophie Ihnen im Vorfeld mitgeteilt hat. Aber ich kann mit der Stimme kommunizieren. Wir wissen nur nicht, was oder wer er ist? Habe ich eine Psychose oder ist da eventuell etwas Übernatürliches im Spiel? Könnten Sie uns eventuell helfen, etwas Spirituelles zu entdecken oder auszuschließen?"

Frauke nickte und schloss die Augen.

„Irgendetwas spüre ich. Ich kann nur nicht sagen, was es ist.", erwiderte Frauke.

Sie lehnte sich zurück und legte ihre geöffneten Hände auf den Küchentisch. Die nächsten Sekunden hörte man sie nur tief ein- und ausatmen. Luisa hatte ihr Weinglas in den Händen und drehte es nun aufgeregt hin und her.

„Sind Sie hier im Raum?", kam die laute Frage von Frauke, die immer noch mit geschlossenen Augen, den Kopf zur Decke gerichtet hatte.

Nichts geschah. Es meldete sich auch keine Stimme in Luisas Kopf. Die Frage wurde noch zwei weitere Mal gestellt, bis Luisa antwortete.

„Nee, ich glaub' nicht. Ich kann ihn nicht hören."

„Vielleicht ist er ja jetzt in einer Sphäre, in der er nicht mit IHNEN kommunizieren kann."

„Ach so!", gab Luisa von sich.

Erneut kehrte absolute Ruhe ein. Und das laute Schnaufen erfüllte abermals die Küche. Luisa und Sophie prosteten sich leise zu und nahmen einen Schluck aus den Weingläsern.

„Kannst du dich anders bemerkbar machen?", forderte Frauke.

Jetzt saßen die beiden Freundinnen kerzengrade auf ihren Stühlen und schauten sich langsam in der Küche um. Wiedermal überzog Luisa ein Schauder. Wenn sich jetzt irgendetwas auf unerklärlicher Weise bewegen würde, würde sie lauthals aus der Wohnung stürmen. Sie stellte ihre Atmung ein, um jedes auch noch so leises Geräusch zu hören. Sekunden zogen sich wie Sirup. Es blieb still. Frauke senkte den Kopf und öffnete die Augen.

„Also ich habe keine Signale empfangen. Hat er mit Ihnen Kontakt aufgenommen?"

Luisa schüttelte den Kopf.

„Ich glaube, heute werden wir keine Verbindung erzielen." Frauke schaute auf die Küchenuhr und stand langsam auf. Auch Sophie und Luisa schoben den Stuhl zurück und standen auf.

„Irgendetwas ist hier aber. Das spüre ich schon.", erklärte Frauke erneut, während sie ihre Handtasche nahm und sich zum Flur umdrehte. Sophie sah Luisa an und nickte mit halb geöffneten Augenlidern. Theodor, der die ganze Zeit auf der Fensterbank vorm Küchenfenster lag, sprang auf und sauste aus der Küche.

„Hab' ich was verpasst?", fragte eine schnaufende Stimme in Luisas Kopf.

„Haben wir Sie geweckt?", fragte Luisa. Frauke und Sophie sahen sie an.

„Nein, ich hatte einen Termin. Bin jetzt erst zurück. Was liegt heute bei Ihnen an?"

Luisa war mittlerweile so mit der Stimme vertraut, dass sie nun überlegen musste, wie sie ihm die Situation erklären sollte. Sie fühlte sich damit komisch, so als ob man einen Bekannten überprüfen wolle. Frauke legte ihre Stirn fragend in Falten und Sophie flüsterte ihr etwas zu.

„Äh ja, wir haben … also Sophie hat einen Gast mitgebracht, der sich auf ungewöhnliche Phänomene spezialisiert hat. Und da unsere Kommunikation … ja irgendwo schon in diesen Bereich fällt, bot sie uns ihre Hilfe an. Das ist doch okay für Sie, oder?"

Es folgte keine Antwort und die drei Frauen schauten sich gegenseitig mit großen Augen an.

„Sie werden aber jetzt keine Lobotomie durchführen lassen. Ich habe mich gerade an Ihre Stimme gewöhnt?", antworte die Männerstimme.

Luisa lächelte.

„Nein, keine Sorge. Bevor man mich aufschnibbelt, gebe ich Ihnen Bescheid. Also haben Sie Lust und Zeit mitzumachen?"

„Klar, wenn ich nebenbei Essen darf?"

„Selbstverständlich. Nur nicht ins Ohr schmatzen!"

„Wobei kann ich Ihnen denn behilflich sein?", kam als Frage aus Luisas Innerem.

Die drei Frauen nahmen wieder am Tisch Platz.

„Ich glaube, wir wollen heute Abend in Erfahrung bringen ob Sie … übernatürlich sind."

„Ach, Sie wollen wissen, ob ich ein Geist bin. Nun ja, ich sage erstmal Nein. Obwohl, wer weiß das schon. Denken Sie nur an den Film Sixth Sense. Okay, also wie kann ich das herausfinden?"

Luisa blickte zu Frauke und wiederholte die Frage. Das Medium erklärte ihr, dass Geister mehr Möglichkeiten haben sich bemerkbar zu machen. Sie gab ihr einige Tipps, die sie ihm vorstellen sollte.

„Okay, hören Sie?"

„Jupp!"

„Wir sitzen hier gerade in der Küche. Mein Gast sagte, es gäbe auch Fälle, in denen Seelen in Zwischenwelten agieren und es gar nicht bemerken. Können Sie vielleicht irgendeinen Gegenstand bewegen oder umschmeißen?"

„Das ist ja lustig. Ich sitze auch in der Küche…" Auf einmal stockte die Stimme. Es schien, als ob er diesen Zustand mehr als merkwürdig fand. Luisa kommentierte diese Aussage nicht.

„Also könnten Sie mal was umstoßen?", formulierte sie die Frage erneut etwas leiser.

Luisa nickte den beiden Frauen zu. Alle saßen angespannt im Raum und schauten sich um. Die Spannung war spürbar. Jeder wartete auf ein Zeichen. Nun war das Ticken des Sekundenzeigers der Küchenuhr das einzige vernehmbare Geräusch. Sekunden wurden endlos. Keiner wusste, wann etwas passieren würde. Wie lange wartet man in einem solchen Fall? Luisa drehte wieder ihr Weinglas in den Händen.

„Und?", wollte die Stimme wissen.

Luisa entspannte sich und auch die anderen Frauen atmeten hörbar aus.

„Nein, hier ist nichts passiert. Also können …" Sie wurde durch eine Aufforderung gestoppt.

„Und jetzt Sie!"

„Was?"

„Vielleicht habe ich ja einen Geist bei mir!", erklärte die Stimme.

Luisa sah Frauke an. Sie wusste nicht, was sie den beiden Frauen jetzt sagen sollte. Es war doch völliger Blödsinn, dass sie ein Geist war. Zumal ja dann alle Geister wären. Oder?

„Haben Sie schon was umgestoßen?"

„Nee, warten Sie einen Moment!" Ohne eine Erklärung stand sie auf und ging zu ihrer Küchenplatte. Vor dem Fliesenspiegel hatte sie mehrere Gewürzstreuer platziert. Sie zog den Salzstreuer in die Mitte der Küchenplatte und ließ ihn umfallen. Es vergingen einige Sekunden.

„Ach, Du Scheiße!", durchfuhr es ihre Ohren.

„Was?"

„Ich hab´ mir an dem heißen Käse den Gaumen verbrannt!"

„Man. Sie wollten schauen, ob etwas bei Ihnen umgefallen ist", schrie sie los.

„Nein. Nichts. Ich glaube, wir sind keine Geister."

Luisa setzte sich wieder und sah nacheinander Sophie und dann Frauke an. Sie schüttelte den Kopf. Frauke überlegte und zog anschließend einen Zettel und Stift aus ihrer Handtasche. Mit schnellen Bewegungen schrieb sie drei Fragen auf den Zettel und schob ihn Luisa hin. Sie überflog die Wörter und lehnte sich zurück.

„Ich habe Fragen an Sie."

„Nur zu. Stellen Sie sie!"

„Warum sind Sie von heut' auf morgen in mein Leben getreten? Warum haben Sie genau mich ausgewählt und was für einen Auftrag haben Sie?", formulierte Luisa die Fragen auf ihre Art.

Ein tiefes Schnaufen war für sie zu hören, bevor die Stimme erklang.

„Luisa. Sie werden es nicht glauben, aber für mich sind Sie in **mein** Leben getreten. Ich kann nicht sagen, warum wir beide gerade auserwählt wurden miteinander zu kommunizieren, aber ich bin mit meiner Stimme im Kopf und der Person dahinter sehr zufrieden. Wir haben diese Frage ja schon einmal besprochen. Ich kann es Ihnen nicht sagen, aber je mehr ich darüber nachdenke, stelle ich mir die Frage, ob Sie nicht vielleicht einen Auftrag für mich haben?"

„Ich? Was soll ich denn für einen Auftrag haben?", antwortet Luisa verwundert.

Frauke und Sophie saßen am Tisch und hörten gespannt zu. Es war wie bei einem Telefonat, nur dass man hierbei nicht einmal ganz leise die Stimme des Gesprächspartners hören konnte. Dennoch konnten sie dem Gespräch folgen. Nach knapp einer Viertelstunde war der Dialog beendet und Luisa verabschiedete sich von ihrem imaginären Gesprächspartner. Frauke sah ihre Gastgeberin an. Man merkte, dass sie sichtlich irritiert war. Daher übernahm Luisa die erste Frage.

„Und? Habe ich mich richtig verhalten?"

Frauke zuckte mit den Schultern.

„Eigentlich bin ich das Medium zwischen den Menschen und den Seelen, aber in Ihrem Fall glaube ich, bin ich nicht hilfreich. Da gibt es einen direkten Draht!", gab Frauke von sich.

„Ja, das stimmt!" Luisa senkte den Blick und dann übernahm Sophie die nächste Frage.

„Konnten Sie denn etwas spüren? Um was für ein Phänomen handelt es sich denn hierbei? Ist es ein Geist oder was anderes?"

„Ich bin mir nicht sicher. Als ich die Wohnung betrat, hatte ich irgendwie gefühlt, dass hier – etwas – vorhanden ist. Haben Sie das Verhalten Ihrer Katze bemerkt, kurz bevor Sie Kontakt hatten? Sie ist aufgesprungen und hat panisch den Raum verlassen. Wie erklären Sie sich dieses Verhalten, wenn Sie nur psychisch eine zwiespältige Persönlichkeit haben? Tiere haben Instinkte, die weit über unsere Fähigkeiten hinausgehen!"

Als Frauke diese Erklärung sprach, lächelte Luisa etwas. Sie wusste nicht warum, aber irgendwie wollte sie lieber an etwas Übernatürliches glauben, als eine Schizophrenie diagnostiziert zu bekommen.

„Er!"

„Wie bitte?"

„Die Katze ist ein Er! Theodor!"

„Ach so, naja. Auf jeden Fall erlebe ich das jedes Mal, wenn etwas Übernatürliches zugegen ist. Und auch in Ihrem Fall hat das Tier entsprechend reagiert. Macht diese Erkenntnis Ihnen Angst?", wollte Frauke wissen.

Luisa sah auf ihre Hände und überlegte. Er ist irgendwann gekommen, also kann er auch irgendwann gehen. Außerdem machte ihr der Geist, oder was es ist, keine Angst. Es ist ein netter Geist mit einer angenehmen Stimme. Langsam schüttelte sie den Kopf.

„Ich komm' damit klar!"

Frauke und Sophie lächelten.

„Na dann. Ich muss auch los." Frauke griff ihre Handtasche, nickte Sophie zu und stand auf. Sophie bestätigte diesen Gruß und stand ebenfalls auf.

„Frau Kemmer. Es war sehr interessant bei Ihnen!" Frauke reichte ihr die Hand.

„Das höre ich in letzter Zeit öfter!", antwortete Luisa, lächelte und verabschiedete sich von ihrem Besuch. Frauke ging als erstes aus der Küche. Mitten im Flur blieb sie stehen und drückte ihren Rücken durch.

„Hier ist es am stärksten!"

Luisa stand genau hinter ihr.

„Was?"

„Das Gefühl!"

Frauke sah sich im Flur um, während sie langsam weiter ging. Luisa und Sophie begleiteten sie noch zur Tür.

„Schönen Abend noch!", verabschiedete sich das Medium von den beiden Frauen und verließ die Wohnung. Luisa brachte dieser Abend mehr Fragen als Antworten. Dennoch beruhigte sie der Gedanke, dass es scheinbar keine Psychose zu sein schien. Denn die würden Madame Frauke und auch Theodor wohl kaum spüren. Sophie verabschiedete sich eine halbe Stunde später ebenfalls. Luisa war auch müde und musste sich auf einen intensiven Arbeitstag vorbereiten. Sie landete kurz darauf in ihrem weichen Bettbezug und in einem schnellen Schlaf.

Um 5:45 Uhr beendete der Wecker ihren Schlaf und Luisa vollzog ihr morgendliches Aufstehritual. Sie nahm den frühen Bus und betrat eine halbe Stunde vor Arbeitsbeginn ihr Büro. Schnell verschaffte sie sich einen Überblick über den aktuellen Stand des Projektes und bemerkte bald, dass keine großen Fortschritte erzielt wurden. Um kurz vor acht erschien Kira.

„Hi Luisa, geht 's dir wieder besser?"

„Äh ja, Guten Morgen. Ich hatte nur… ich war beim…!" Luisa beendete ihre Sätze nicht.

„Wie weit sind wir bei den Sende-und Printplänen?", kam stattdessen ihre Frage.

Kira blickte sie über den Tisch hinweg an. Sie schüttelte langsam den Kopf.

„Ich habe einige Grafiken in unsere Power-Point Präsentation integriert und die strategischen Maßnahmen aufgeführt. Ich könnte hierfür die detaillierten Pläne der Sendezeiten und Printmedien gebrauchen! Soll ich die Präsentation übernehmen?", kam als Gegenfrage von Kira.

Luisa fiel ein Stein vom Herzen. Die Präsentation vor den Kunden oder generell vor einer Menge von Zuschauern war ihr Kryptonit. Sie beherrschte die Abläufe der Kampagnenmaßnahmen, die Kostenaufstellungen, Endkundenbedarfsermittlung und hatte großes kreatives Potenzial in der Ideenfindung, nur die Vorstellung oder Präsentation vor einer größeren Runde fiel ihr schwer. Sie schwitzte, wurde rot, verlor den Faden und bekam Wortfindungsschwierigkeiten. Das brachte ihr auch im Studium bei der praktischen Prüfung die meisten Minuspunkte. Daher dankte sie Kira innerlich für ihre Bereiterklärung zur Übernahme dieser Aufgabe.

„Okay, meinetwegen!", gab sie lässig von sich.

Kira lächelte oder war es mehr ein Grinsen, was Luisa nicht genau einzuschätzen vermochte. Egal, dieser Krug ging an ihr vorbei und so konnte sie sich wieder ganz ihren Aufgaben widmen.

Als Kira von Ihrer Mittagspause mit den Kolleginnen wiederkam, fragte Luisa sie.

„Kira, kannst du bitte beim Umfrageinstitut Niemeyer anrufen und aktuelle Daten zum Thema Kaffeekonsum bestimmter Altersschichten anfordern?"

Kira schaltete ihren Monitor wieder ein und blickte zu ihr rüber.

„Luisa, ich muss mich hier um die Präsentation kümmern, oder willst du das machen? Dann können wir gerne tauschen!" Sie begleitete diesen Satz mit einem Blick der großen Schwester.

„Nee, ich hole die Daten schon ein!", antwortete Luisa und begann zu glühen.

„Also mach' deinen Job so gut wie immer und dann wird das auch honoriert werden!"

Jetzt kam ihr der Satz ihres Bruders wieder in den Kopf, doch er konnte ihre Wut nicht abkühlen. Die beiden Frauen arbeiteten die nächsten Stunden zusammen, wechselten jedoch kein weiteres Wort mehr miteinander. Um kurz vor zwei schaltete Luisa ihren Rechner aus, da sie noch einen Termin bei Lothar Weinmann hatte und verabschiedete sich kühl.

Kira blickte demonstrativ auf ihre Armbanduhr.

„Ich habe noch einen Termin. Die benötigten Daten habe ich dir rüber gemailt. Ich denke, dass müsste für eine Zwischenpräsentation ausreichend sein. Ich bin morgen pünktlich da!", begründete Luisa ihren Aufbruch.

„Alles klar. Ich schaff' das schon. Schönen Abend!", säuselte Kira zurück.

Der Besuch beim Psychiater war weder hilfreich noch aufbauend. Sie vermied es den gestrigen Abend zu erwähnen, da sie glaubte, dass die Schulmedizin für – Voodoozauber - wenig Verständnis aufbrächte. Lothar Weinmann wühlte in ihrer Vergangenheit rum. Er fragte nach ihrer Kindheit, nach Erlebnissen und Ängsten. Sie hatte eine schöne Kindheit gehabt, doch durch geschickte Fragen des Mediziners vermittelte er ihr das Gefühl, dass es doch nicht so rosig war. Außerdem fragte er sie nach ihrer momentanen Lebenssituation. Ob sie in einer Beziehung lebe, warum nicht und wie lange schon nicht? Ob sie eventuell kein Interesse an ihre Mitmenschen hätte oder sich insgeheim jedoch einen Menschen herbeisehnte, der ihre Interessen teilte. Sie kam niedergeschlagen nach Hause. Anstatt sie aufzubauen, hatte er sie durchleuchtet und ihr alle möglichen Schwächen offenbart. „Um eine Heilung herbeizuführen, müssen wir erst einmal die Krankheit bestimmen", erklärte er seine Vorgehensweise. Luisa feuerte ihre Handtasche auf die Garderobe. Noch immer lag der Duft der Räucherstäbchen in der Luft und sie öffnete alle Fenster ihrer Wohnung. Vielleicht ist da ja wirklich etwas Unverarbeitetes in ihrem bisherigen Leben, was sie jetzt einholte? Eine verschmähte Liebe? Ein unverarbeiteter Konflikt mit einem Freund oder Verwandten? Vielleicht sollte sie ihn einfach danach fragen? Vielleicht ist das der Schlüssel?

„Ähh, sind Sie da?"

Keine Antwort, stattdessen schlenderte Theodor wieder um ihre Beine herum. Luisa bückte sich und nahm ihren Kater auf den Arm, der sofort zu schnurren begann.

„Hallo, Sie da! Ich will nochmal mit Ihnen reden!"

Da sich Theodors Kopf nun an ihrer Brust schmiegte, wusste sie, dass ihr imaginärer Gesprächspartner zurzeit nicht auf Empfang war, also setzte sie den Kater wieder runter und begann eine Dose Katzenfutter zu öffnen. Das Gespräch musste vertagt werden, denn heute Abend war ihr großes Date mit Jeff. Als der Clubabend zu Ende ging, verabredeten sie sich zum Abendessen im Chiaz. Und dieses Abendessen stand heute an. Luisas Stimmung wurde etwas besser, als sie wieder an den jungen Mann dachte. Sie drehte das Badewasser auf und legte ihre Abendgarderobe zurecht.

Eine halbe Stunde später lag Luisa in ihrer Badewanne und pustete Schaum durch die Gegend. Leise spielte die Bluetooth Box auf dem Waschbecken ihre Playlist vom Handy ab und Luisa begleitete Sinhéad O'Connor bei ihrer Ballade.

„Oh, Sie singen wieder. Das ist schön!", schmeichelte die Männerstimme ihr.

„Ach, guten Abend. Auch mal wieder da?"

„Auch Ihnen einen guten Abend, Luisa. Warum so vorwurfsvoll?"

„Ich war heute wieder bei meinem Psychodoc ihretwegen. Er wühlte in meiner Vergangenheit herum und meinte, dass dort vielleicht irgendwelche unverarbeiteten Konflikte der Grund wären. Sind Sie irgendein Bekannter oder Verwandter von mir, der einen solchen Groll auf mich hat, dass er in mein Unterbewusstsein eindringt und mich terrorisiert?"

„Hmm, mal lange überlegen. Nein, nicht das ich wüsste!", gab die Stimme von sich. „Also ich habe mir seit gestern Abend auch so meine Gedanken gemacht über das, was Sie gesagt haben mit dem …", während die Männerstimme weitersprach, streichelte Luisa gerade ihr Bein, welches durch den Badeschaum herauslugte, als ihr folgender Gedanke kam.

Wenn er jetzt keine Psychose im Kopf war, sondern etwas Übersinnliches, wie Frauke es gestern gefühlt hatte, und auch Theodor immer spürte, wenn sie miteinander kommunizierten, warum sollte er sie dann nur hören? Wenn der Typ also in ihrer Nähe war oder vielleicht ja auch in ihr lebte, sie hören konnte, konnte er vielleicht auch alles sehen, was sie sah? Im selben Gedankenmoment tauchte sie ihr Knie wieder unter und schob den Badeschaum über ihren Körper zusammen.

„…ich hatte in letzter Zeit auch eine Phase, in der …" Die Männerstimme hielt unbeeindruckt ihren Monolog in ihrem Kopf, während Luisa einen Arm vor ihren Busen hielt und mit dem anderen Arm ihren Bademantel, der vor der Wanne am Boden lag, griff. Sie zog den Mantel zu sich und hielt ihn vor ihren Oberkörper, als sie langsam aufstand.

„… auf einmal jedoch veränderte sich etwas in meinem Leben. Ich war wieder…"

Der Bademantel rutschte ins Badewasser, bedeckte jedoch ihren Körper als sie nun gänzlich in der Wanne aufrecht stand. Mit schnellen Bewegungen schlüpfte sie in den nassen Stoff und knotete den Frotteegürtel zu.

„… ich konnte wieder normal aufstehen. Der Morgen war einfach wieder hell und aufmunternd und nicht …"

Die Stimme redete in einer Tour weiter. Sie stand nun vor ihrem großen Badezimmerspiegel, der aufgrund der geöffneten Badezimmertür nur am Rand beschlagen war. Luisa betrachtete sich im Spiegel und hörte der Stimme zu. Mit einer langsamen Bewegung schob sie ein Bein nach vorne, welches sich jetzt zwischen den nassen Stoffenden präsentierte.

„…verstehen Sie? Ich hatte wieder neuen Antrieb, spürte wieder den Flow, so wie…"

Mit einer lasziven Bewegung ergriff sie das rechte Revere ihres Mantels und zog es langsam zur Seite. Stück für Stück gab sie ihrem Spiegelbild mehr von ihrer Haut zusehen, bis sie ganz ihren rechten Busen freigab.

„…also für mich ist unsere Bekanntschaft ein Gewinn, und ich hoffe …"

Die Männerstimme referierte weiter und Luisa hob ihr Kinn und nestelte nun an ihrem Gürtel herum. Der lose Knoten ließ sich leicht öffnen. Jetzt griff sie auch nach dem linken Revere und öffnete ihren nassen Bademantel komplett und betrachtete ihren nackten Körper im Spiegel.

„…und bin glücklich!" Die Männerstimme brach ab und Stille erfüllte ihren Kopf.

Luisa riss die Augen weit auf und hüllte sich wieder in den Mantel.

„Luisa?"

„Äh, ja?"

„Alles in Ordnung bei Ihnen?"

„Klar, äh… ich habe da mal 'ne Frage?" Ihre Wangen füllten sich mit Farbe und Hitze.

„Sie können mich ja hören!"

„Das haben wir ja mittlerweile schon erkannt!"

„Können Sie noch weitere Sinne von mir erfassen? Ich meine, können Sie auch riechen, was ich rieche, oder fühlen oder vielleicht sehen?"

Eine Pause trat ein, die sich für Luisa beunruhigend lange anfühlte.

„Nein, leider nicht. Ich kann nur Ihre Stimme hören. Eventuell bilde ich mir ein, daraus auch ab und an Ihre Gefühlsregung ableiten zu können. Aber das sind nur Vermutungen meinerseits. Ich höre nur Ihre Stimme und manchmal Ihren Gesang!"

Luisa lächelte ihr Spiegelbild an, zog anschließend ihren nassen Bademantel aus und trocknete sich mit einem Handtuch ab.

„Also, wie ich vorhin schon erklärt habe, habe ich aus unserer Verbindung schon einen Nutzen gezogen, jetzt sollten Sie das auch. Wo liegen Ihre Defizite? Vielleicht kann ich Ihnen dabei helfen?"

Luisa hatte sich mittlerweile angezogen und saß nun vor ihrem Badezimmerspiegel auf einem Hocker und betrachtete sich erneut im Spiegel. Sie hatte sich in den letzten Tagen bei so vielen Menschen geöffnet. Sie hatte ihrer Freundin, dem Hausarzt sowie dem Psychiater, als auch ihrem Bruder ihre momentanen Situationen erzählt. Sie hatten in den letzten Jahren niemandem so viel von sich erzählt. Sie musste anerkennen, dass es ihr jedes Mal guttat, auch wenn manchmal neue Erkenntnisse zu Tage kamen: doch offenbarte Gefühle wogen nicht mehr so schwer auf ihren Schultern und der Seele. Also warum nicht auch wieder ihrer inneren Stimme? Der würde es am wenigsten weitererzählen. Luisa betrachtete sich im Spiegel, als sie zu erzählen begann. Sie sprach einfach drauf los. Sie erzählte von ihren letzten zehn Jahren, die sie als Single verbrachte, erzählte von ihrem Bruder und dessen glückliche Familie und ihrer aktuellen Situation im Job. Sie erkannte, dass durch die Schwangerschaft der Teamvorgesetzten ihr eine große Chance ermöglicht wurde, diese ihr aber langsam durch die Finger rann. Sie erzählte von Kira und deren taktischen Vorgehensweise und ihrer Angst vor `m freien Reden und öffentlichen Präsentationen. Sie erzählte, was sie an anderen Personen beneidete und was ihr fehlte. Sie teilte es ihm nicht neidisch, sondern eher wehmütig mit. Die Stimme hörte sich alles an. Erst als deutlich wurde, dass Luisa ihre Ausführungen beendet hatte, bekam sie eine Antwort.

„Ich glaube, ich kann Ihnen helfen. Denn die meisten Maßnahmen sind Kopfsachen!"

Luisa lächelte bei den Worten.

„Ach ja, und wenn wir schon mal dabei sind, können sie auch etwas an der Konfektionsgröße beeinflussen?"

Die Männerstimme lachte.

„Mal sehen!"

„Ich denke, wir nehmen uns die Sachen nach und nach vor. Wenn ich noch richtig informiert bin, ist heute erst mal das Candlelight-Dinner unser Thema!"

„Ja, um acht im Chiaz!"

„Was ziehen Sie an, wie werden Sie geschminkt und was machen wir mit den Haaren?", kamen die Fragen auf sie eingeprasselt.

Luisa verzog das Gesicht.

„Ähh, kleine Frage am Rande, sind Sie schwul?"

Wieder ertönte ein herzhaftes Lachen in ihrem Kopf.

„Das kam echt so rüber, was? Nee, keine Sorge. Ich kann ihnen Tipps geben, was Männern gefällt und nicht was Frauen meinen, was Männern gefällt!"

Einige Minuten später saß Luisa mit geföhnten offenen Haaren erneut vor dem Badezimmerspiegel und starrte auf ihre Make Up Utensilien.

„Und Sie meinen, ich soll die Haare wirklich nicht hochstecken?"

„Nein, kein Mann findet hochgesteckte Haare oder einen Dutt gut! Bäh! Wenn Frauen lange Haare haben, dann wollen wir die auch sehen!"

„So weiter, welchen Lidschatten nehmen wir?"

„Ich hätte hier blau!"

„Nein, blau ist so voll achtziger Jahre. Welche Augenfarbe haben Sie?"

„Braun!"

„Dann müssen Sie auch Erdtöne nehmen. Welche Haarfarbe haben Sie eigentlich?"

„Dunkelblond!"

„Und wie groß sind Sie?"

„Eins, zweiundsiebzig! Mein Gewicht erfahren Sie aber nicht!" Insgeheim wollte Luisa aber auch nicht das Gefühl vermitteln, als habe sie ein großes Problem damit. Sie wollte nicht, dass er sie als dick einschätzt. „Mein BMI ist aber noch im grünen Bereich, soviel sei gesagt!", gab sie schnell noch hinterher.

„Da ich Sie nicht sehen kann, glaube ich dennoch, dass Sie ganz toll aussehen werden, heute Abend. Und dass sich Jeff glücklich schätzen kann, Sie heute auszuführen!"

Luisa tupfte ihre letzten Wimpern nach und lächelte.

„Danke!"

„Und da Sie mir heute schon so geholfen haben, wollte ich mal fragen, ob wir uns nicht duzen wollen?", während sie die Frage stellte, wurde sie wieder etwas rot im Gesicht.

„Oh, das Recht steht eigentlich der älteren Person zu! Aber es wäre sehr schön, wenn wir unsere Beziehung auf eine höhere Ebene stellen können!" Die Stimme lachte erneut.

„Also ich heiße Marc!"

„Ich Luisa!"

„Ich weiß!"

„Ich weiß, dass Sie das wissen!"

„Du!"

„Was?"

„Dass du, das weißt!"

„Ach so, ja!"

„Luisa, ich wünsche dir einen schönen Abend. Ich lasse dich auch allein. Bei einem richtigen Date will man keine Souffleure im Ohr haben."

„Ich bin ein bisschen aufgeregt!"

„Verständlich und gut. Sonst wäre es kein Date!"

„Danke Marc!"

„Viel Spaß, Luisa!" Die Männerstimme klang ruhig, aufrichtig und ein klein wenig traurig.

Luisa war eine halbe Stunde vor dem vereinbarten Zeitpunkt angekommen. Sie hatte wieder einen früheren Bus genommen, obwohl eine innere Stimme und die Männerstimme ihr sagten, dass die Frau ruhig auf sich warten lassen sollte. Das machte sie interessanter. Insgeheim hatte sie jedoch Befürchtungen, dass dann ihr Date nicht mehr vor Ort war. Sie wollte ja als Letztes kommen, aber auch sicher sein, dass Jeff dann noch da war, also ging sie in eine Kneipe, die schräg gegenüber auf der anderen Straßenseite des Chiaz lag. Sie bestellte ein Alster und suchte sich einen Platz am Fenster. Als das Alster serviert wurde, bezahlte sie sofort, damit sie rechtzeitig reagieren konnte. Ihr Magen rumorte bereits. Sie nahm in der Regel ihr Abendessen gegen achtzehn Uhr zu sich und war zu dieser Zeit schon weit drüber. Sie bediente das Gefühl mit einem großen Schluck, der jedoch nicht wirklich den gewünschten Erfolg brachte. Luisa wechselte ihren Blick zwischen dem Display ihres Handys und dem Eingang des Restaurants. 19.46 Uhr. Jeff war noch nicht gekommen, jedoch kam die Bedienung erneut zu ihrem Tisch und stellte ein weiteres Alster auf einen Bierdeckel.

„Ich hatte nichts bestellt!"

„Nein, ich weiß, das kommt von den Herren am Tresen!", erhielt sie als Antwort und sie blickte in die Richtung.

Drei Männer am Tresen sahen zu ihr herüber und hoben ihre Gläser. In dem Moment schaute sie an sich runter und dachte, was sie wohl für einen Anblick bot. Eine Frau in einem kurzen schwarzen Kleid mit roten Pumps, geschminkt und aufgebrezelt, sitzt allein um kurz vor acht in einer Bar. Wäre sie ein Mann, hätte sie so Einer auch einen ausgegeben. Scheinbar war sie für die Männerwelt doch attraktiv, wenn sie sich dementsprechend kleidete. Instinktiv drückte sie den Rücken durch und lächelte.

„Nein, danke. Ich bin verabredet und auch gleich wieder weg. Bestellen Sie den Herren aber einen herzlichen Dank!", teilte sie der Bedienung mit und nahm den letzten Schluck aus ihrem Glas.

Sie verließ die Kneipe und nickte beim Verlassen den Herren nochmal freundlich zu. *Knigge hin oder her, dann war sie halt die Erste beim Date. Wir sind ja nicht mehr in den Fünfzigern.* Luisa überquerte die Straße und steuerte auf das Restaurant zu. Rechts von ihr hörte sie Schritte, die immer schneller wurden. Sie schaute nach rechts und sah Jeff auf sie zu rennen.

„Halt, halt, halt. Ich öffne die Tür!", forderte er.

Luisa hielt inne und lächelte ihn an.

„Guten Abend!"

„Guten Abend, Luisa. Schön, dass du da bist!", antwortete Jeff und umarmte sie liebevoll.

Anschließend öffnete er die Tür und sie traten ein. Er nahm ihr die Jacke ab und hängte sie mit seiner an die Garderobe. Danach wurden sie zum Tisch gebracht, wobei ein Kellner ihr den Stuhl anbot.

„Es ist sehr schön hier!", sagte Luisa und sah sich dabei um.

„Warst du hier noch nie?"

„Nein!" Zur gleichen Zeit reichte der Kellner ihnen die Karte.

„Ein stilles Wasser, bitte, groß!", bestellte Jeff, bevor er die Karte öffnete.

Luisa hatte vor, neben dem einen Alster, ausschließlich bei Rotwein zu bleiben, wechselte jedoch reaktionsschnell auf eine Diät Cola. Als der Kellner sich dankend von Tisch entfernte, übernahm Jeff das Gespräch.

„Getränke mit Zuckerersatzstoffen beeinflussen den Stoffwechsel, die Zusammensetzung der Darmbakterien und den Appetit. Es ist erwiesen worden, das bei einem Drittel der Verbraucher von Süßungsmittel der BMI sogar zunahm!"

Luisa machte große Augen und hörte den Ausführungen ihres Dates aufmerksam zu.

„Ach was, woher weißt du denn sowas?"

„Ich bin im letzten Semester meines Studiums und nebenbei Personal Trainer. Da bekommt man das auf zahlreichen Lehrgängen vermittelt!", während er sprach, schaute er in die Karte und jetzt erst bemerkte Luisa die Brustmuskulatur des Mannes, die sich deutlich unter seinem Longsleeve-Shirt abzeichnete. Bei jedem Atemzug traten die Muskeln deutlicher hervor und Luisa wechselte unauffällig den Blick von ihrer Karte zu seinem Oberkörper. Wenn Männer sich so ablenken ließen, hätten sie eine Ohrfeige verdient und nun passierte ihr dasselbe. Umso faszinierter sie von seinem Körper war, umso mehr verunsicherten sie ihre kleinen Rollen an der Hüfte. Mit einer ungelenken Bewegung zupfte sie an ihrem Kleid, um keine auffälligen Falten preiszugeben. Sie war mittlerweile in der Karte bei dem Grillfleisch angekommen und suchte nach etwas Passendem ohne Knoblauch oder Zwiebeln. Die Nummer vierundzwanzig war ihr Favorit. Der Kellner kam mit den Getränken und stellte sie auf den Tisch.

„Können wir auch gleich bestellen? Luisa hast Du schon was gefunden?"

„Oja!"

„Also ich nehme den Chefsalat mit Putenbrust. Als Dressing bitte Essig und Öl!", bestellte Jeff, klappte die Karte zu und reichte sie dem Kellner.

Luisa verharrte einen kurzen Moment in ihrem Verhalten.

„Das klingt super. Das hätte ich auch gerne!", kamen die Worte aus ihrem Mund, ohne sie vorher mit dem Magen abgestimmt zu haben.

Im selben Moment spürte sie, wie sich dieser zusammenzog und vibrierte. Schnell griff sie zu ihrer Diät-Cola und hielt sie Jeff entgegen.

„Auf einen schönen Abend!"

„Das wünsche ich uns auch!", strahlte er sie an und prostete zurück.

Luisa nahm einen großen Schluck, um ihr forderndes Organ zu beruhigen.

„Was genau studierst du denn und seit wann?"

„Sport! Ich habe vorher eine kaufmännische Ausbildung gemacht, aber dann wollte ich doch was Anderes und habe dann mit zweiundzwanzig das Studium begonnen. Um finanziell nicht ganz auf dem Schlauch zu stehen, habe ich dann das Personaltraining begonnen. Das passt ganz gut, da man ja meistens auch erst Spätnachmittag oder abends seine Klienten bedient!"

Luisa nickte.

„Wie alt bist du denn?"

„Sechsundzwanzig! Und du?" Er beugte sich vor und seine Augen strahlten ihr bei der Frage entgegen.

Wahrheit oder Pflicht, kam ihr in den Sinn. Man sollte eine Beziehung nicht auf Lügen aufbauen, aber der Moment verlangte es irgendwie. Auch sie beugte sich leicht nach vorne und funkelte ihn an.

„Achtundzwanzig! Schon mal mit einer älteren Frau ausgegangen?", fragte sie lasziv.

Sein Blick wanderte von ihrem Gesicht über ihren Körper und wieder zurück. Er lächelte erneut.

„Bisher noch nicht!"

In dem Moment machte sich wieder ihr Magen bemerkbar und kündigte Revolution an. Sie zog ihren Ellenbogen an sich und drückte ihn in ihren Bauch, mit der Hoffnung ein lautes Grummeln zu umgehen. Jeff lehnte sich wieder zurück und nahm einen weiteren Schluck von seinem Wasser. Auch Luisa griff nach ihrem Glas und tat es ihm nach. Die Gespräche an den Nachbartischen wurden lauter und halfen ihr, die Geräusche aus ihrem Körper zu überdecken. Augenblicke später kamen die Salate, die scheinbar keinen so langen Fertigungszeitraum benötigten. Luisa versuchte mit gefüllten Gabeln ihren Magen zu beruhigen, der sich dennoch nicht gleich zufriedengab, und zwischendurch immer wieder klagend seinen Unmut kundtat. Mittlerweile nahm sie auch ihre linke Faust und drückte sie mehrmals in ihren Bauch.

„Du hast aber doch am Samstag Alkohol getrunken?", fragte Luisa.

„Ja, das ist auch wichtig. Wenn man seinem Körper immer etwas vorenthält, wird man unglücklich und schürt immer mehr ein bestimmtes Verlangen. Außerdem will man ja auch nicht leben, wie ein Mönch!"

Luisa nickte und förderte die Putenstreifen einen nach dem anderen in ihren Mund. Nach einer Viertelstunde und keiner Aussicht nach einem kalorienhaltigen Dessert übernahm Jeff die Rechnung und sie verließen das Chiaz.

„Ich würde mich gerne revanchieren und dich auf einen Drink einladen, aber da heute kein Wochenende ist, weiß ich nicht, was du dazu sagst", versuchte Luisa den weiteren Abend zu planen.

Jeff hielt den Kopf schräg und nickte nur.

„Komm' wir können doch zu mir gehen. Ich habe da eine große Auswahl an Blue-Rays. Da finden wir bestimmt was Passendes?"

Luisa willigte ein und nachdem Jeff sie mit dem Auto durch die halbe Stadt gefahren hatte, standen sie eine halbe Stunde später in seinem Wohnzimmer.

„Nimm schon mal Platz. Ich hänge nur kurz unsere Jacken auf und bin gleich da!"

Genauso stellte man sich eine Männersinglewohnung vor. Ein riesiger Flachbildschirm zierte eine freie Wand, anstatt eines großen Bildes. In den Regalen und Highboards waren etliche DVD- und Blue-Ray- Hüllen fein sortiert eingeräumt. Zwei indirekt beleuchtete Bilder der Route 66 und einem amerikanischen Diner waren an den anderen Wänden zu finden. Ein ebenfalls beleuchteter Kühlschrank mit Glastür stand im Wohnzimmer und enthielt unterschiedliche Energydrinks, Fitness-Shakes und Lite-Bierflaschen. Die offene Küche trennte nur ein Tresen, der zum Wohnbereich drei Barhockern Platz bot. Einige Hanteln lagen in einer Ecke, in der auch ein Fitnessgerät seinen Platz fand. Luisa nahm auf dem großen Sofa gegenüber des Fernsehers Platz und sah sich weiter um. Jeff verschwand hinter einer Tür, nachdem er Alexa aufgefordert hatte seine Playlist zwei zu spielen. Nach der Bestätigung seiner virtuellen Bediensteten begann James Vincent McMorrow sein Wicked Game zu singen. Der Sound war beeindruckend und kam von überall. Luisa zog ihre Schuhe aus und knetete ihre Ballen und Hacken. Sie bemerkte nicht, wie Jeff aus dem Zimmer kam und vor ihr stand. Nackt mit einer Auswahl an farbigen Kondomen.

„Du hast die Qual der Wahl. Ich lass' mir da gerne was von einer älteren Frau beibringen!"

Luisa starrte ihn an. Starrte in sein Gesicht, auf die gefüllten Hände und den Rest von ihm.

„Was?", war das Einzige, was über ihre Lippen kam. Sie schaute ihn geschockt an.

„Na komm Luisa. Das war uns beiden doch klar, dass das 'ne Bettgeschichte wird. Allein der Altersunterschied. Aber das macht es ja so reizvoll!", sagte Jeff, lächelte sie verführerisch an und schwang langsam seine Hüften.

Er sah aus wie ein Male Model aus den ganzen Parfümwerbungen und war zum Anbeißen heiß, aber seine Worte waren wie Ohrfeigen und abtörnend hoch zehn. Innerhalb von Sekundenbruchteilen konnte sich ein Mensch von begehrenswert in abstoßend verwandeln. Alles was man interessant und aufregend fand, verwandelte sich in oberflächig und arrogant. Luisa griff ihre

Schuhe und zog sie rasch wieder an. Danach schnappte sie sich die Handtasche und stand auf.

„Ach weißt du, ich steh' doch eher auf ältere fleischfressende Biertrinker!"

Sie schob sich an ihm vorbei und holte ihre Jacke vom Haken. Jeff hatte mit allem gerechnet, nur nicht mit einer Abfuhr. Schnell versuchte er, die Investition doch noch erfolgreich zu Ende zu bringen.

„Wir können vorher ein Wannenbad nehmen. Ich habe auch Erdbeeren!"

Luisa drehte sich nicht um, sondern hob nur ablehnend die Hand.

Jeff sah jetzt seine Fälle wegschwimmen und machte seinen Ärger Luft.

„Ganz ehrlich. Das mit den achtundzwanzig habe ich dir von Anfang an nicht geglaubt!"

Luisa zog die Wohnungstür hinter sich zu und eilte die Treppen runter. Tränen füllten ihre Augen, doch mehr aus Wut als aus Enttäuschung. *Sie sind alle gleich!* Dieser Satz füllte ihre Gedanken und sie ärgerte sich, dass sie diesen Abend mit ihm verbracht hatte. Sie ärgerte sich über die Diät-Cola und über die nicht bestellte Nummer vierundzwanzig! Als sie unten die Eingangstür öffnete und sich umsah, musste sie erst überlegen, in welchem Stadtteil sie hier war. Doch schon bald kannte sie sich aus und bestellte ein Taxi, um so schnell wie möglich hier weg zu kommen. *Solche Typen werden auch noch Rückschläge erfahren. Karma is a bitch!* Wut beflügelte diese Sätze in ihrem Kopf und ihr Ärger wurde immer größer. Nach zehn Minuten hielt das Taxi vor ihr und brachte sie nach Hause. *Zum Glück habe ich nicht noch meinen Teil des Essens bezahlt.* Vorgehabt hatte sie es. Sie wollte anders sein, als die bisherigen Frauen, mit denen er ausgegangen war. Sie wollte eine Frau von heute sein. Selbständig, selbstbewusst, selbstzahlend.

Mit schnellen Schritten und leise vor sich hin fluchend, eilte Luisa durchs Treppenhaus. Als sie die Tür ihrer Wohnung aufschloss, stand Theodor schon bereit, sie zu trösten. Katzen haben wirklich mehr Instinkte, als man vermutete. Er wollte diesmal kein Futter. Nein, er blieb die ganze Zeit in ihrer Nähe, sah sie an und mauzte.

„Ach Theo. Könnte ich dich doch in einen Mann verwandeln!", sagte sie, als sie ihn auf den Arm nahm und an sich drückte.

„Ich glaube, Männern ist es ganz egal, ob Frauen ihre Haare offen oder hochgesteckt haben!", forderte sie ihren imaginären Gesprächspartner heraus. „Wenn sie mit einem allein sind, bemerken sie bestimmt nicht einmal, ob die Frauen Haare haben!", folgte ein zweiter Satz von ihr.

Es kam keine Antwort. Er wollte sie heute Abend nicht begleiten, dass hatte er ihr zum Schluss noch versprochen. Aber mit wem konnte sie sich jetzt noch zoffen. Im Taxi auf der Heimfahrt fielen ihr noch etliche Sätze ein, die sie Jeff hätte ins Gesicht schleudern sollen, doch der Moment war vorbei. Sie war immer noch wütend. Hatte jedoch etwas vor Wut und Enttäuschung geweint. Sie saß wieder vor ihrem Badezimmerspiegel und wollte sich abschminken. Sie sah gut aus. Nur leicht verschmierter Kajal, den sie kurzerhand wieder auffrischte. Kein verwischter Lippenstift. Der graubraune Lidschatten verwandelte ihre Augen in

Smokey-Eyes. Der brombeerfarbene Lippenstift wirkte edel, aber nicht überzogen. Luisa wischte einige Katzenhaare von ihrem Kleid und überlegte kurz. *Warum soll der Abend so enden? Warum soll dieses Kunstwerk jetzt schon wieder aus der Ausstellung genommen werden?* Sie schaute auf die Uhr. Es war kurz nach elf Uhr. Sie blickte in den Spiegel und die Frau darin lächelte zurück.

Luisa sprang auf, eilte zum Kühlschrank und nahm die letzte Sektflasche heraus. Mit schnellen tippelnden Schritten, denn ein Laufen in diesem Kleid und diesen Schuhen war nicht möglich, war sie im Wohnzimmer und holte zwei Sektkelche aus dem Wohnzimmerschrank. Anschließend schnappte sie sich den Wohnungsschlüssel und war kurz darauf wieder im Treppenhaus. Das Treppenhauslicht war noch an, als die Tür hinter ihr ins Schloss fiel. *Los jetzt!* Sie betrat die erste Stufe der Treppe nach oben. Ihr Blick spähte in die Etage, die sie vorher noch nie betreten hatte. In der Regel sahen auch nur die obersten Mieter alle Stockwerke. Die Mieter in den unteren Etagen kannten nur ihr Stockwerk und die darunter. Eine Erkenntnis, die ihr in diesem Moment bewusst wurde. Schritt für Schritt betrat sie unbekanntes Terrain. Sie konnte diesmal das Geländer nicht nutzen, da sie in der rechten Hand die Sektflasche und links beide Gläser hielt. Die hohen Hackenschuhe benötigten jedoch einen sicheren Gang bei Stufen, daher konzentrierte sie sich ausschließlich darauf. Bevor sie die letzte Stufe nahm, schaltete sich das Flurlicht aus. Ihre Augen mussten sich einen Moment in der Dunkelheit orientieren. Langsam wurde das kleine rote Lämpchen des Tasters für die Flurbeleuchtung wieder deutlich und Luisa drückte darauf. Das Licht flutete erneut das Treppenhaus. Auch auf dieser Etage waren zwei Wohnungen parallel angeordnet. Vor der rechten Tür lag eine Bast-Fußmatte, die einem einen Herzlichen Willkommensgruß präsentierte. Auch unterhalb des Türspions hing ein geflochtenes Herz aus Makramee, mit einem kleinen Holzbrett, dass Willkommen trug. Bei der linken Tür hingegen war eine dünne graue Fußmatte mit schwarzen Längsstreifen, welche einem kein Willkommen bescheinigte. *War das ein Zeichen?* Das war seine Wohnung. Auf dem Klingelschild stand Meyer. Florian Meyer sagte ihr der Vermieter damals.

„Hey Florian, ich hatte gerade noch eine Flasche Sekt entdeckt und da im Fernsehen sowieso nichts Gutes läuft...". Jetzt erst überlegte sie, wie sie ihren Besuch begründen sollte. Sie schloss die Augen und atmete tief ein. *Scheiß drauf!* Ohne weitere Gedanken drückte sie den Klingelknopf. *„Nicht so lange"*, befahl sie sich und ließ den Knopf wieder los. Sie trat einen Schritt zurück und sah an sich herunter. Erneut zupfte sie das Kleid gerade. Es vergingen einige Momente, bis sie im Türspion Licht erkennen konnte. Sie lächelte und stellte ihre linke Hüfte raus, so wie sie das bei den Germany Next Topmodels am Ende eines Walks gesehen hatte. Die Tür ging langsam auf und Luisa legte den Kopf schräg, wie ein Hundewelpe, um ins Innere der Wohnung zu schauen. Vor ihr stand eine junge Frau in einem langen T-Shirt und kleinen zusammen gekniffenen Augen.

„Hallo?", begrüßte sie den Besuch argwöhnisch.

Luisa sah zu der anderen Wohnungstür, die jedoch auf dem Türschild Husemann stehen hatte. Schnell schaute sie wieder zu der jungen Frau.

„Was wollen Sie?", kam als Frage.

„Ähh…" Luisa trat einen Schritt zurück. Ihre Gedanken arbeiteten auf Hochtouren. Die Frau hatte sie noch nie gesehen.

Die Tür wurde weiter geöffnet und nun stand auch Florian in der Türzarge. Er hatte nur eine lange Pyjamahose an und genauso kleine Augen, wie sein Besuch im T-Shirt.

„Luisa?", fragte er nun verdutzt.

Er kannte ihren Namen. Das war ja süß. Luisa machte einen weiteren Schritt nach hinten und schaute nun verwirrt auf den Boden. Sie spürte förmlich, wie Blut ihren Kopf durchströmte und sich dicht unter ihrer Haut präsentierte.

„Ähhh… ich habe mich in der Etage geirrt." Sie blickte nun beide an und lächelte.

„Habe mit 'ner Freundin einen Kneipenzug gemacht und sind jetzt bei mir eingekehrt. Nur war der Alkohol alle und ich habe kurz neuen anner Tanke geholt." Sie schlenderte weiter zur Treppe zurück und hielt beide Hände zur Bestätigung ihrer Geschichte hoch.

„Und Gläser haben Sie dann auch gleich gekauft?", fragte die Frau vor Florian abschätzend.

Luisa wurde noch wärmer, als sie selbst die Gläser betrachtete.

„Das war ein Angebot. Ladys Night Set für zweiundzwanzig Neunzig. War doch 'n Schnapper!", brabbelte Luisa, als sie bereits die oberste Stufe betrat.

„Tschuldigung, für die Störung. War mein Fehler. Noch einen schönen Abend!"

Luisa eilte die Treppe herunter. Sie wollte schnell aus dem Blickfeld der beiden. Es gelang ihr ungewöhnlich gut, die Stufen freihändig und schnell zu nehmen. Hastig schloss sie ihre Wohnungstür auf und schob sich ins Innere. Die Tür fiel erneut ins Schloss und Luisa rutsche rücklings an dem Türblatt runter. Sie grub ihr Gesicht in ihre Hände und schüttelte ihren Kopf. *„Das war ja wohl 'ne Riesenblamage! Hast Du noch einen tollen Einfall für heute Abend?"*, fragte sie sich. Wieder mal war ihr Tröster Theodor bei ihr und sprang auf ihren Schoss.

Ihre Nacht war kurz. Noch vor dem Einschlafen war sie den heutigen Abend wieder und wieder im Kopf durchgegangen. Sie hatte die Bilder von Jeff beim Bestellen des Salates, ihn mit den Kondomen in der Hand und die Frau im T-Shirt mehrmals wiederkehrend vor sich gesehen, bis sie endlich kurz vor drei Uhr einschlief. Aufgrund dessen war sie noch sehr müde, als der Wecker ihren Schlaf unterbrach. Sie drückte an diesem Morgen die Snoozetaste noch drei weitere Male bis sie sich endlich aus dem Bett wühlte. Eine schnelle Dusche und schnelles Zähneputzen waren die Folge des längeren Liegenbleibens. Trotz eines Sprints im Treppenhaus schaffte sie es nicht, den frühen Bus zu erreichen und so betrat sie erst kurz vor acht das Büro. Kira begrüßte sie freundlich. Sie hatte heute eine Bluse mit weiten Ärmeln und einen kurzen Rock an, der kurz oberhalb der Knie endete. Aufreizend, dennoch businesslike. Sie hatte ihre Haare zu einer Hochsteckfrisur drapiert. *Wusste sie denn nicht, dass Männer das abtörnend fanden?*

„Wir sind im Konferenzraum eins!", erklärte sie ihrer Kollegin.

Luisa nickte und nahm ihre Unterlagen mit. Sie hatte alle Vorlagen und Listen als Hardcopy in ihrer Mappe vorliegen. Sie brauchte diese Sicherheit, da sie lieber etwas Handfestes bei sich hatte, als alles virtuell abgespeichert zu haben. Luisa folgte Kira mit den Unterlagen in den Konferenzraum.

„Herr Bantel verspätet sich etwas, hatte mir Herr Richter gesagt, aber nur einige Minuten. Ich bin nochmal kurz auf Toilette!", sagte Kira.

Auch Luisa musste. Das war schon immer so vor größeren Ereignissen. Da kam dann immer die Blase noch mal in den Vordergrund. Sie hatten bei Stierling mehrere Toilettenkabinen, aber Luisa wollte nicht zeitgleich mit Kira diesen Weg beschreiten. Stattdessen klappte sie nochmal ihre Mappe auf und ging alle Unterlagen durch. Sie war sattelfest. Kira kam zurück.

„Die Präsentation ist toll geworden. Sie wird dir gefallen!"

„Das glaub' ich. Ich muss auch noch mal kurz."

Als Luisa anschließend wieder von der Toilette in den Flur trat, sah sie schon Herr Richter mit dem Kunden auf sie zu kommen. Sie wartete vor dem Konferenzzimmer, lächelte und begrüßte die beiden Herren. Anschließend bat sie die Herren in den Raum.

„Herr Bantel, einen schönen, guten Morgen. Schön, dass Sie doch noch so schnell durchgekommen sind!", zwitscherte Kira und kam dem Kunden strahlend entgegen.

„Ja, die Hochstraße ist zu dieser Zeit echt die Hölle! Freut mich auch Frau Ballack!"

„Nehmen Sie bitte Platz. Möchten Sie einen Kaffee. Wir haben leider nur unseren aus der Maschine, aber ich hoffe, der ist dennoch für Sie in Ordnung?", sagte Kira und lachte.

Auch Herr Bantel lachte und bedankte sich dafür.

„Luisa, kannst Du bitte Herrn Bantel einen Kaffee einschenken. Und Herr Richter, wie immer schwarz?"

Luisa wollte sich gerade setzen, als sie die Bitte hörte. Sie verharrte einen Moment und schaute Kira an. In allen vorherigen Kundengesprächen waren die Teilnehmer auf Augenhöhe und jeder nahm sich die Getränke selbst. Luisa griff die Kaffeekanne und goss die Tassen ein.

„Aber selbstverständlich!"

„Frau Kemmer und ich haben uns gleich nach unserem letzten Termin zusammengesetzt und eine vielversprechende Kampagne erarbeitet. Sie entspricht dem Zeitgeist und spricht mit den unterschiedlichen Protagonisten auch alle Altersschichten an. Diese Werbeträgerfiguren werden dann zu den entsprechenden Zeiten sowie Sendern, als auch den passenden Printmedien angepasst. Das bedeutet, wenn wir die jüngere Zielgruppe ansprechen, wird ein junger Protagonist gewählt mit dessen Story. Hier wählen wir dann als Printmedien Zeitschriften, die von der jeweiligen Zielgruppe gelesen wird. Und auch bei den Fernsehspots wird dieser Trailer dann nach zwanzig Uhr in einschlägigen Musiksendern platziert. Für die Zielgruppe der älteren Menschen haben wir dann eine entsprechende Werbeträgerfigur in den älteren Lebensjahren gewählt. Diese Werbung und Spots erfolgen dann in den dazu passenden Zeitschriften und Fernsehsendern", referierte Kira.

Ihr Chef und der Kunde nickten und nahmen jeweils einen Schluck aus ihrer Tasse.

„Luisa, kannst du es mal eben dunkler machen? Ich möchte die Präsentation starten!"

Luisa schob den Stuhl nach hinten, stand auf und betätigte die Außenjalousienschalter, die automatisch einen nach dem anderen die Fenster verdunkelten. Ihr Magen begann wieder zu grummeln, nur war es diesmal nicht vor Hunger.

„Wir haben hier eine Kostendarstellung, die die jeweiligen Sendezeiten und …"

Kira absolvierte ihren Vortrag klar und strukturiert. Alle präsentierten Vorlagen waren die Ausarbeitungen von Luisa. Nur ab und zu kamen einige Vorlagen, die Kira eingepflegt hatte. Diese Blätter beinhalteten jedoch nur Adjektive in großen Lettern, wie „Einzigartig", „Erfolgsorientiert" oder „Umsatzsteigernd"! Sie beherrschte es, einen halbstündigen Vortrag reibungslos vorzustellen. Luisa überlegte, ob sie bei einigen Vorlagen auch etwas beisteuern sollte, doch Kira hatte ihren Flow und ließ keine Möglichkeiten zu, die Ausführungen zu ergänzen. Sie kam nun zur letzten Power-Point-Folie.

„Jetzt haben Sie eine Vorstellung, wann und wo wir die Kampagnen starten wollen, und auch welchen Kostenaufwand dieses für Sie bedeutet. Da wir erst Ihre Meinung hören wollten, haben wir noch keine Movies vorbereitet. Wir haben stattdessen aber durch unsere Grafikabteilung schon einige Scrips erstellen lassen. Luisa, kannst Du bitte mal die Vorlagen vorlegen? Ich bringe mal wieder Licht in den Raum!" Kira ging zum Schalter und ließ die Jalousien wieder hochfahren.

Luisa öffnete ihre Mappe und suchte die Grafiken. Sie hatte sie ganz hinten in der Mappe einsortiert, doch da waren sie nicht mehr. Nervös blätterte sie erneut ihre Mappe durch. Alle drei Augenpaare verfolgten ihre Suche. Nach wenigen Momenten übernahm Kira wieder die Aufmerksamkeit.

„Kein Problem, ich habe auch eine Ausführung der Grafiken dabei!"

Sie öffnete ihre Mappe, die ausschließlich die Grafiken beinhalteten und verteilte sie an die beiden Herren. Luisa begann wieder zu glühen. Sie war sich ganz sicher, dass sie alles in ihrer Mappe vorliegen hatte, bevor sie auf Toilette ging. Luisa funkelte Kira scharf an und Kira lächelte freundlich zurück. Nun übernahm ihr Chef das Wort.

„Also, das klingt alles strukturiert und zielführend. Was meinen Sie, Herr Bantel?"

Der Kunde nickte und betrachtete weiter die Printvorlagen.

„Ich möchte das gerne meinen Kollegen vorstellen. Wir beteiligen unsere Mitarbeiter an allen Prozessen. Sei es in der Fertigung, sowie im Vertrieb, Buchhaltung etc. Ich möchte das Thema Marketing auch so handhaben. Bekomme ich eine Kopie der Präsentation und dieser Vorlagen mit?", fragte Herr Bantel und hielt die Grafiken hoch.

Jetzt griff Luisa ein.

„Das können wir absolut verstehen. Natürlich können sie eine Ausfertigung erhalten. Wir werden vorher jedoch unser Wasserzeichen auf den Vorlagen und eine Sicherung der Präsentation durch unsere IT hinterlegen lassen. Die Strategien sind unser Kapital, wir möchten nicht, dass andere Mitbewerber diese in die Hände bekommen und als ihre Idee auslegen. Dafür haben Sie sicher Verständnis?"

Herr Bantel nickte und schob die Grafiken zurück.

„Na klar, das macht Sinn. Das ist ja wie beim Küchenkauf, da bekommt man vor der Unterzeichnung die Skizzen auch nicht ausgehändigt."

„Wir schicken Ihnen eine geschützte Version per Mail zu, wenn Sie uns Ihre Kontaktdaten zur Verfügung stellen", erklärte Luisa noch und ihr Gesichtsglühen nahm ab.

„Gerne!"

Mit diesem Einverständnis stand Herr Bantel auf und verabschiedete sich von den Dreien.

„Ich begleite Sie noch zur Tür", sagte Herr Richter und folgte dem Kunden.

Als beide Herren aus der Hörweite waren, stellte Luisa ihre Frage.

„Wo sind meine Grafiken?"

Kira schaltete den Beamer aus und schaute überrascht.

„Was?"

„Meine Grafiken waren in meiner Mappe, bevor ich auf Toilette ging!"

„Keine Ahnung. Ich habe mich nur um meine Unterlagen gekümmert", gab Kira in ruhigem Ton von sich.

Luisa kochte innerlich. *Sie wollte dich vorführen, um beim Chef zu punkten! Und ich kann es nicht beweisen!* Sie stand auf.

„Schickst Du mir die Power-Point-Präsentation, dann lass' ich die schützen und maile sie Herrn Bantel!", sagte sie noch und verließ den Raum.

„Ja, klar. Bekommst du gleich."

Luisa glaubte, ein Grinsen zu hören. Der Tag verlief ebenso kommentarlos zwischen den beiden Frauen, wie der Vortag. Per Mail erhielt sie die Präsentation und leitete diese mit der Bitte um benötigten Urheberschutz an die IT-Abteilung weiter. Der Arbeitstag war wieder zäh und langwierig. Sie wollte diese Chance nicht. Sie wollte lieber im Team Lehmkuhl ein integriertes und geschätztes Mitglied sein, als diesen Zickenkrieg hier zu bestreiten. Aber diese Alternative gab es nicht mehr. Es ist, wie es ist, hatte sie mal auf einem friesischen Türschild gelesen. Man kann sich über die Situation grämen oder sie hinnehmen und das Beste daraus machen. Um kurz nach vier klingelte ihr Handy. Es war Dennis.

„Hi du. Ich bin noch auf der Arbeit!", flüsterte sie und verließ, mit dem Telefon am Ohr, das Büro.

„Ich weiß, sag' mal hast du heute Abend was vor?"

„Bisher nicht!"

„Christina und ich haben für heute Abend Konzertkarten bekommen!"

„Ja?"

„Und wir bekommen so kurzfristig keinen Babysitter. Können Emma und Paul bei dir übernachten?", fragte Dennis.

„Ich muss morgen aber arbeiten!"

„Ich hole die morgen um sieben auch wieder ab und bringe sie in die Kita!"

Luisa lächelte. Die beiden waren genau das Richtige, um mal wieder auf andere Gedanken zu kommen.

„Klar, bring' sie rum" Luisa schaute auf die Uhr.

„Ich kann aber frühestens …!" „*Ach scheiß drauf*", dachte sie. „Ich kann um drei zu Hause sein. Reicht das?"

„Danke Isa. Hast Einen gut bei uns!"

Luisa ging ins Büro zurück und erklärte Kira und den anderen, dass sie heute auch früher gehen musste. Allgemeines Nicken bestätigen ihre Aussage, jedoch nicht unbedingt deren Verständnis. Luisa war es egal. Sie wollte für heute raus hier.

Als sie aus ihrem Bus ausstieg, sah sie schon ihren Bruder mit den Kindern vor ihrer Haustür stehen. Als Emma, die vierjährige Nichte, sie sah, rannte sie ihr entgegen.

„Vorsichtig, die Straße!", rief Luisa ihr entgegen und rannte ebenfalls.

Emma stoppte ihren Lauf zwischen den parkenden Autos und wartete auf ihre Tante. Als Luisa sie erreichte, sprang sie hoch und umklammerte sie. Luisa stöhnte, wie es sich gehörte, und strahlte dabei, während sie sich mit ihrer Nichte im Arm drehte.

„Hey, mein Schatz. Wie geht es dir?"

„Toll, wir dürfen heute bei dir übernachten. Bleiben wir ganz lange auf und erzählst du uns dann wieder Geschichten? Kochen wir was Tolles? Ich habe dir ein Bild gemalt, willst du es sehen?"

„Ja, nein, ja, mal sehen und unbedingt!", antwortete Luisa und Emma schaute sie komisch an.

„Was?"

„Das waren meine Antworten auf deine Fragen!"

„Also willst Du das Bild mal sehen?"

„Logo!" Luisa setzte Emma wieder runter und ging auf die Anderen zu.

„Hey Isa!" Dennis nahm seine Schwester in den Arm und drückte sie.

„Danke nochmal, dass du sie nimmst!"

„Selbstverständlich!" Sie hockte sich runter und begrüßte den zweijährigen Paul, der in der Sportkarre saß und ihr seinen Plastikritter zeigte.

„Hey, mein Großer. Und wie geht es dir?" Sie küsste seine Stirn und bewunderte anschließend den kleinen Ritter.

„Wo ist Christina?", wollte Luisa wissen.

„Die brezelt sich schon auf. Das geht um halb acht los und da wäre es ihr sonst zu spät geworden!"

„Alles klar, kommt rein!"

Emma wühlte noch in ihrem Rucksack herum, als ihr Vater sie aufforderte mitzukommen. Er hatte ein Klappkinderbett und zwei Sporttaschen in den Händen, als er seiner Schwester folgte. Luisa schnappte sich den Sportkarren von Paul und folgte ihnen ins Treppenhaus.

„Ich hab 's Tante Luisa. Willst du 's sehen?", fragte Emma.

Sie sah ihrem Vater, wie aus dem Gesicht geschnitten, ähnlich. Die gleichen Augen und Nase. Nur hatte sie wesentlich längere Haare, die glatt auf ihrer Schulter endeten.

„Gleich mein Schatz. Oben."

Luisa zog Paul in der Sportkarre rückwärts die Treppen nach oben. Sie hoffte, heute nicht Florian oder der Frau im T-Shirt zu begegnen. Es war irgendwie zu früh. In ein, zwei Wochen, hatte man den Vorgang vielleicht schon vergessen und konnte drüber lachen. Na ja, lachen vielleicht doch nicht. Sie wollte am besten auch nur Florian treffen und die Sache nochmal klar stellen. Was sie der Frau erzählen sollte, wusste sie nicht. Als sie in der Wohnung ankamen, rannten die Kinder los und schauten sich wieder alle Zimmer an. Dennis gab ihr noch Informationen über Bettgehzeiten und Essensvorschläge.

„Alles in Ordnung bei dir?", fragte er aufrichtig.

„Ja, alles bestens!" Luisa sah den flitzenden Kindern hinterher, die Theodor suchten und lächelte fröhlich.

„Ich meine, wegen unseres Gesprächs neulich!"

„Ja du, mach' dir keine Gedanken. Ich krieg' das hin!"

„Okay. Sonst ruf' mich jederzeit an!" Er umarmte Luisa und gab ihr einen Kuss auf die Wange.

„Tut mir leid, aber ich muss los." Er deutete auf die Uhr und rief nach seinen Kindern, verabschiedete sich von ihnen und ermahnte sie, ausschließlich auf ihre Tante zu hören.

Als die Tür ins Schloss fiel, kamen beiden Kinder auf sie zu gerannt und plapperten auf sie ein. Sie musste sich Bilder und Geschichten, sowie sämtliches Spielzeug anschauen und anhören. Luisa beschloss mit den Kleinen ins Meerwasseraquarium zu gehen und verbrachte mit ihnen dort zwei schöne Stunden. Sie kaufte ihnen Eis und beobachtete, wie die kleinen Augen fasziniert jedes Tier betrachteten. Zum Abschluss durfte sich jedes ein Lieblingsplüschfisch aussuchen und mitnehmen. Zum Abend gab es Spaghetti mit Tomatensauce. Ein Essen, das von allen Mitbewohnern dieses Abends als perfekte Speise akzeptiert wurde. Sie genoss die Zeit mit ihrem Neffen und ihrer Nichte. Sie liebte sie. Leider war es zu wenig Zeit, die sie miteinander verbrachten. Jedes Mal, nachdem sie sich gesehen hatten, schwor Luisa nicht zu viel Zeit zwischen den Wiedersehen vergehen zu lassen, doch der Alltag holte sie ein und es kam immer anders. Luisa war Emmas Patenttante und das erzählte Emma auch stolz bei jedem großen Familienfest den anderen Angehörigen gegenüber. Es war ein schöner Abend. Er war so leicht. Man lachte viel, besonders als es darum ging, die Spaghetti fleckenfrei zu sich zu nehmen. Sie verschwendete an dem Abend keine Gedanken an den Gestrigen. Keine Gedanken an die mögliche Leukämie, Schizophrenie oder die Arbeit. Sie strahlte vor Glück. Als sie gegen acht Uhr dann beide ins Bett brachte und ihnen noch eine Geschichte vorlas, fühlte sie sich gebraucht und geliebt. Das war ein schönes Gefühl. Leise zog sie die Tür des Schlafzimmers zu und ging in die Küche, um das Schlachtfeld aufzuräumen. Sie schaltete das Radio ein und drehte es leise. Beim Abwasch der großen Töpfe summte sie einen Refrain mit.

„Hallo. Nicht erschrecken! Ich wollte mich mal eben kurz melden. War ja viel los heute, was?", hörte sie die Männerstimme zu ihr sprechen.

Luisa lächelte, obwohl sie ihn wegen gestern noch tadeln wollte.

„Ja, war ein schöner Tag. Mein Neffe und meine Nichte sind über Nacht bei mir!"

„Schön. Und wie war der gestrige Abend?"

„Ehrlich gesagt, war das ein Reinfall!" Luisa wusste nicht, wie und ob sie alles erzählen sollte.

„Warum? Lag es an den Haaren?"

„Nee, ich glaube nicht. Der Typ ist 'n Arsch!"

Die Männerstimme schwieg eine Zeitlang.

„Hat er irgendwie...?"

„Nein, keine Sorge. Ich habe seine Wohnung rechtzeitig verlassen. Er ist nicht handgreiflich oder so geworden. Er ist menschlich ein Arsch!"

„Okay. Glaube mir, da gibt es aber noch bessere Exemplare draußen, die es ehrlich mit dir meinen."

„Das will ich hoffen, ansonsten wird die Bevölkerung bald aussterben, glaube ich!"

Sie hörte die Männerstimme lachen und musste selbst schmunzeln. *Soll ich ihm von der Arbeit erzählen? Es ist schon peinlich. Aber was habe ich zu verlieren?*

„Du, Marc!", begann Luisa den Versuch.

„Du hast mich noch nie mit Vornamen angesprochen!"

„Und, schlimm?"

„Nein, ganz im Gegenteil. Klingt schön!"

„Also Marc, kann ich dir noch was erzählen? Vielleicht hast du ja dazu auch eine Idee.", fragte Luisa.

„Gerne, ich habe gerade Zeit!"

Luisa erzählte, wie die bisherige Situation mit ihrer Vorgesetzten war und wie das momentane Team entstand. Sie berichtete, welchen Auftrag sie bearbeiten, wie es sich betreffend des Wissenstands und der Ausarbeitung der Aufgaben beider Teammitglieder verhält. Anschließend beschrieb sie den heutigen Arbeitstag und ihre Vermutungen, wie sich die zukünftigen Tage entwickeln würden.

„Ich will ja gar nicht unbedingt Teamleiterin werden. Ich bin mehr das verlässliche Rädchen in einem Uhrwerk. Wenn dieses Rädchen jedoch fehlt, bleibt die Uhr stehen. Ich möchte ein anerkanntes Mitglied sein. Nicht aber nur die Ölkanne!"

„Das ist mies", hörte sie Marc sagen. „Wenn ich das richtig verstehe, bist du die Kreative und kennst die Abläufe, um eine Kampagne auch richtig umzusetzen. Das einzige Manko ist die Rhetorik!"

„Aber ein nicht unwesentliches Manko!", gab Luisa von sich.

„Daran muss man arbeiten!"

Luisa wusste es, hatte diese Maßnahme jedoch immer von sich weggeschoben, da es bisher auch nicht notwendig war. Sie hatte damals beim Mitarbeitergespräch mit Sarah Lehmkuhl dieses Defizit erwähnt. Das war kein Problem, da man für die Teammitglieder unterschiedliche Aufgabenbereiche abdecken musste. Und dieser Bereich war für sie nicht zwingend erforderlich.

„Aber es wird nicht reichen, um das Ruder kurzfristig rum zu reißen!"

„Wie meinst du das?", wollte Luisa wissen.

„Die Kampagne ist dem Kunden schon vorgestellt worden. Deine Kollegin, Frau Ballack, hat es präsentiert und dem Chef und dem Kunden das Gefühl vermittelt, der Kopf des Teams zu sein. Wenn du jetzt bei der nächsten Vorstellung einfach die weitere Präsentation übernimmst, wird es so aussehen, als ob deine Kollegin dir jetzt mal die Chance geben möchte, auch etwas vorzustellen. Damit wirst du deine Position nicht verbessern können. Außerdem wirst du auch nicht so schnell selbstsicher und redegewandt sein, um einen Führungseindruck zu hinterlassen!"

Luisa sah ihre Felle wegschwimmen.

„Du bist doch kreativ?", fragte Marc daraufhin.

„Ich sage mal ja!"

„Könntest du dir vorstellen, dir eine komplett neue Kampagne auszudenken, die du parallel oder abends zu Hause ausarbeitest?"

„Was?"

„Ich meine, stell' dir mal Folgendes vor. Bei dem nächsten Kundenmeeting stehst du dann vorne am Beamer und präsentierst eine ganz andere Kampagne. Du erzählst die Storys und die Kostenaufstellungen und lässt Frau Ballack Kaffee und Schnittchen reichen. Das geht aber nur, wenn sie keine Ahnung von der anderen Kampagne hat. Wenn dann deine rhetorische Ausführung nicht perfekt läuft, ist das nicht so schlimm, dafür hast du aber etwas ganz Anderes präsentiert. Das müsste jedoch dann auch besser sein, als das Bisherige. Kriegst du so was hin?", kam die Frage von Marc.

„Äh, weiß ich nicht?"

„Nee, so nicht. Ich frage dich, Luisa. Bekommst du es hin, eine Parallelkampagne zu erstellen? Es geht ja nur um die Story, die Kostenaufstellung und das andere ist doch bestimmt ähnlich!"

„Ja, das stimmt, aber …"

„Was jetzt Luisa, willst du es der Ballack zeigen?"

„Eigentlich ja."

„Ich kann dich nicht hören!"

„Ja!"

„Wie bitte?"

„Jaaaaaaaaaaaaaaaaaa!", schrie Luisa und lachte.

„Na also, das war deutlich."

Die Schlafzimmertür ging auf und Emma kam mit dem Plüsch-Nemo in den Flur.

„Warum schreist du so?", fragte sie, während sie sich die Augen rieb.

„Oh, das tut mir leid. Es ist alles gut. Komm' ich bring dich wieder ins Bett."

Luisa ging in den Flur und brachte ihre Nichte wieder zurück ins Schlafzimmer. Dann musste sie nochmal die Geschichte der kleinen Meerjungfrau vorlesen. Als sie sich anschließend wieder leise aus dem Schlafzimmer stahl, kehrte sie zurück in die Küche.

„Okay Marc, ich werde es versuchen."

„Sehr gut. Und ich helfe dir wegen der Rhetorik!"

„Schön. Und vielen Dank!"

„Gerne", antwortete die Männerstimme ruhig.

„Gute Nacht, Marc!"

„Gute Nacht, Luisa!"

Am nächsten Morgen war Dennis mehr als pünktlich erschienen. Er saß mit Luisa und den beiden Kindern mit am Frühstückstisch.

„Du strahlst ja so!", teilte er seiner Schwester mit, während er einen weiteren Schluck Kaffee zu sich nahm.

„Ja, das tue ich!", gab sie als kurze Antwort.

Dennis grinste in seinen Kaffee und nahm an, dass die Ursache der Besuch seiner Kinder war. Sie hatten Luisa bestimmt Sonne in die Wohnung gebracht. Das schaffen Kinder häufig. Einen Nachmittag bei Oma und Opa brachte das gleiche Grinsen in deren Gesichter, wie er es nun auch bei seiner Schwester erkennen konnte. Sie brauchte auch eine Familie. Das wünschte er sich für sie.

Luisa war gestern Nacht erst spät eingeschlafen. Ihr Kariere-Coach Marc hatte sie wirklich beflügelt. Als sie im Bett lag, arbeitete ihr Gehirn auf Hochtouren. Zum Glück hatte sie immer ein paar leere Blätter und einen Stift auf dem Nachttisch liegen. Hier wurden in der Nacht zwei Zettel mit Stichwörtern vollgeschrieben. Erst nachdem alle Einfälle notiert wurden, konnte sich Luisa umdrehen und einschlafen. Sie freute sich auf die neue Kampagne, die war viel cooler, viel einprägsamer, einfach viel besser. Heute Morgen war Luisa so voller Tatendrang, die Ideen umzusetzen und auf Papier zu bringen, dass sie unbedingt damit anfangen wollte. Sie erzählte ihrem Bruder nichts von dem Vorhaben. Falls es nachher nicht den erwünschten Erfolg brachte, war es besser je weniger davon wussten. Durch ständige Blicke auf ihre Armbanduhr signalisierte sie ihrem Besuch, dass ihre Zeit drängte. Dennis verstand die Botschaft, lächelte, küsste seine Schwester auf die Stirn und wies seine Kinder zum Aufbruch an.

Eine Viertelstunde später saß sie bereits im Bus und freute sich auf den Arbeitstag. Sie begrüßte ihre Kollegen freudestrahlend und begann mit ihrer Arbeit. Sie musste sich selbst maßregeln, dass sie ihren beiden Kampagnen gleich viel Zeit einräumte. Außerdem musste sie aufpassen, dass ihre Kollegen nicht zufällig bemerkten, dass sie zweigleisig unterwegs war. Kira verbrachte ihren Arbeitstag in der Regel sowieso nicht viel am Arbeitsplatz. Sie war oft im Gebäude unterwegs und pflegte das interne Miteinander. Eine Marketingfirma hatte nicht so strenge Arbeitsplatzverpflichtungen wie andere Unternehmen. In der Werbung arbeiten viele Freigeister, die ihre Kreativität nicht ausschließlich an einem festen Platz entfalten können, daher dürfen die Mitarbeiter überall arbeiten. Das kam Luisa in ihrer aktuellen Situation entgegen. Sie schrieb ihre Storys und veränderte einige Zeiten und Druckauflagen im Kostenplan. Die Skizzen wollte sie jedoch nicht in der Firma erstellen, sondern Zuhause. Der Tag verging wie im Fluge und sie bemerkte den Feierabend erst, als die meisten Kollegen sich verabschiedeten und der Geräuschpegel, um sie herum, abnahm. Sie war so begeistert, dass sie weiterarbeiten wollte, dennoch packte auch sie ihre Sachen und fuhr nach Hause.

An diesem Abend schob sie eine Tiefkühlpizza in den Backofen und breitete auf dem Küchentisch leere Blätter und ihre Fineliner aus. Als die ersten Wärmestrahlen den Pizzakäse erreichten, war sie bereits ganz in ihrer Skizze gefangen.

„`N abend, Luisa!", hörte sie die Stimme im Kopf.

Sie musste jedes Mal zusammenzucken, da sie keine Vorzeichen erhielt, wenn Marc mit ihr die Gespräche begann. Dieses Mal hatte das Zucken jedoch den Nachteil, dass ihr Fineliner einen Strich zog, der nicht gewünscht war.

„Mann, kannst du dich nicht irgendwie vorankündigen. Du kannst froh sein, dass ich meine Blase noch so gut unter Kontrolle habe", schnauzte Luisa ihn scherzhaft an.

„'Tschuldigung. Du hast mein Klopfen ja nicht gehört!"

„Jaja, von wegen!"

„Wie war der gestrige Abend noch?"

„Sehr gut. Mir sind im Bett tolle Ideen gekommen. Ich glaube, das wird richtig cool!" Ein Strahlen begleitete ihren Satz.

„Das ist schön. Du gibst mir Bescheid, wenn du soweit fertig bist und ich dir Tipps gegen das Lampenfieber geben darf!"

„Ja, das werde ich. Ach, was mir noch eingefallen ist …"

„Erzähl!"

„Ich habe mal gelesen, dass bei einigen Menschen unter Operationen Dermoidzysten entdeckt wurden. Das sind menschliche Körperteile wie Zähne oder ähnliches Gewebe, an Orten im Körper, wo sie nicht hingehören. Einige Wissenschaftler führen das auf Zellen von nicht entwickelten Zwillingsgeschwistern zurück. Stell' dir mal vor, wir wären Zwillinge, die im Geiste verbunden sind!"

Luisa hörte wie Marc laut lachte.

„Glaubst du wirklich, dass wir Geschwister oder vielmehr Zwillinge sind? Womöglich eineiig?"

„Ich schließe halt' keine Möglichkeit aus!"

„Sorry, aber ich denke, dafür sind wir zu verschieden. Hast du denn sowas als mögliche Diagnose von einem deinem Arzt gehört?"

„Nein, aber …", jetzt war Luisa diese Möglichkeit peinlich und sie wurde leiser.

„Ich weiß, dass du alle Eventualitäten in Betracht ziehst. Das ist ja auch gut so. Doch es fühlt sich halt' nicht so an, als würde ich mit einer Schwester sprechen. Weißt du, was ich meine?"

Luisa nickte nur.

„Ich weiß ja auch nicht, warum wir unsere Verbindung haben, aber ehrlich gesagt, hinterfrage ich die gar nicht!", erklärte Marc mit ruhigem Ton.

„Macht dir das denn gar keine Angst?", wollte Luisa wissen.

„Zuerst war es wirklich beunruhigend, aber mittlerweile empfinde ich es angenehm. Ich führe lustige, aber auch schöne und inspirierende Gespräche mit einer Freundin. Und zwar mit einer Freundin, nicht mit meiner Schwester."

Als Marc die letzten Worte sprach, lief Luisa ein warmer Schauder über den Rücken. Sie hatte noch nicht diese Einstellung, konnte die Erklärung aber verstehen.

„Dann lass' uns aber eine Variante finden, wie wir uns in Zukunft vor den Gesprächen ankündigen?", schlug sie vor.

„Hm, was hältst du von einem leisen Pfeifen?"

„Okay, damit könnte ich leben!" In diesem Moment piepte der Timer ihres Backofens. „Oh, meine Pizza ist fertig!"

„Alles klar. Ist sonst alles in Ordnung bei dir?"

„Ja, alles gut!", antwortete sie.

„Kann ich dich allein lassen?", fragte Marc.

„Logo!", antwortete Luisa und holte die Pizza aus dem Ofen.

Sie schob die Zeichnungen beiseite und stellte ihren Teller vor sich auf den Küchentisch. Der Rand war an der linken Seite schon etwas schwarz und sie schnitt diesen Teil ab. Ihre Eltern hatten früher immer erzählt, dass verbrannte Lebensmittel Krebs verursachen könnten. In diesem Moment wanderten ihre Gedanken von der Kampagne zu ihrer möglichen Leukämie ab. Sie hielt ein Sechstel Pizza in der Hand, wobei der spitze Teil schlaff nach unten hing und Käse herunterrutschen zu drohte. Mit einer schnellen Bewegung biss sie zu und rettete den Teil vor dem Absturz. *Was ist, wenn es wirklich Leukämie ist? Was, wenn keine Chemo erfolgreich ist?* Luisa sah sich in der Küche um. Theodor saß auf dem Küchentresen und beobachtete sie beim Essen. *Was passiert mit mir? Was mit meinen Sachen? Muss ich eigentlich ein Testament machen? Und meine Klamotten? Das Sommerkleid und das Bolerojäckchen fand Sophie so schön, sie müsste das nur enger machen lassen.*

Während dieser Gedanken füllten sich ihre Augen mit Tränen, und ein Tropfen rann in schnellem Fluss ihre Wange herab und landete auf ihren Handrücken. Sie wischte sich die Wange trocken und bemühte sich, sich wieder Marcs Worte in Erinnerung zu bringen.

Die Blutwerte können mehrere Ursachen haben, so dass wir diese Tatsache so weit wie möglich verdrängen sollten, bis wir hier Klarheit haben!

Was sagte er nochmal. *Es koste zu viel unnütze Energie sich darüber einen Kopf zumachen.* Luisa betrachtete wieder ihre Skizze. „*Ja, ich brauche die Energie für was Anderes.*" Luisa stand auf und schaltete ihr Küchenradio ein. Nach knapp zwanzig Minuten war der Teller vor ihr leer und sie widmete sich wieder voll und ganz ihren Zeichnungen. Nach wenigen Minuten waren die düsteren Gedanken wieder verschwunden.

Luisa beherrschte es, sich auch an den folgenden Tagen im Büro mit ihren Parallelprojekten zu beschäftigen. Wenn Kira mit an der Tischgruppe saß, arbeitete Luisa an dem Ursprungsgedanken und in der anderen Zeit an der neuen Kampagne. Zuhause erstellte sie die Skizzen, scannte sie ein und integrierte sie in eine Power-Point-Präsentation. Sie war vorbereitet, feilte dennoch immer weiter an den Unterlagen herum. Morgen sollte der Kunde nochmal vorbeikommen. Er kündigte sich sogar mit zwei weiteren Mitarbeitern an. Bei dem Gedanken wurde ihr schlecht, doch sie wollte es durchziehen. Auch wenn sie stottern würde, das Konzept war gut. Viel zu gut, als dass ihre Angst es unbeachtet in der Schublade versauern lassen sollte. Es passte auch nur zu diesem Produkt. An diesem Abend saß sie im Wohnzimmer und holte sich von Marc Tipps, wie sie mit dem Stress der Rhetorik umgehen sollte.

„Außerdem stellst du dein Konzept doch mit einem Beamer vor, oder?", fragte Marc sie.

„Ja, ich habe alles auf meinem Laptop. Die Präsentation läuft dann auf einer Leinwand!"

„Na also. Dann versuche den Raum extrem zu verdunkeln. Wenn du dann die anderen nicht mehr erkennen kannst, wirst du auch nicht durch ihre Gesichtszüge beeinflusst. Zieh´ das Ding komplett im Dunkeln durch. Das und die anderen Tipps werden dir morgen helfen!", versicherte Marc ihr.

„Ich kann es nur hoffen", klang Luisa Stimme unsicher.

„Ich glaub' an dich."

„Ach, was ich noch sagen wollte. Ich bin die nächsten Tage unterwegs und kann mich daher nicht melden", erklärte Marc ihr.

„Was? Ich brauch´ dich doch!", sagte Luisa flehend.

„Ich hätte schon vor zwei Tagen losmüssen, habe die Termine für dich jedoch noch verschieben können, um dir zu helfen. Aber du bist jetzt soweit. Du hast alles in trockenen Tüchern und weißt, wie du morgen agieren musst."

„Kannst du das nicht noch einen weiteren Tag verschieben?"

„Tut mir leid, Luisa. Aber auch mein Leben geht weiter. Ich werde mich sofort wieder melden, wenn ich zurück bin!", erklärte Marc ihr.

„Wann wird das denn ungefähr sein?"

„Wenn alles nach Plan läuft, so in zirka zwei Wochen."

Luisa wurde traurig. Er würde ihr fehlen, dass wusste sie jetzt schon. In den letzten Tagen hatte sie Marc einfach angenommen. Es war jetzt keine beängstigende Stimme mehr, die sie um den Verstand brachte. Es war Marc, der ihr zuhörte und ihr Trost und Tipps gab. Es war kein Mann mit Hintergedanken, der da in ihr Leben getreten war, sondern ein guter Freund. Sie hatte aufgehört, sich unzählige Ursachen für ihre Verbindung auszudenken. Sie hatte die Termine beim Psychiater verfallen lassen und sich der Situation hingegeben. Vor einigen Tagen noch wollte sie unbedingt, dass die Stimme verschwand und nun konnten sie sich nicht mehr vorstellen, einen Abend ohne Gespräche mit Marc zu erleben.

„Luisa", sagte Marc.

„Ja?"

„Da ist ja noch etwas, was wir auf dem Zettel haben", drang seine Stimme etwas melancholisch zu ihr.

„Und das wäre?"

„Wir müssen noch einen Partner für dich finden. Und zwar einen richtig Guten!"

Luisa hatte das Thema in den letzten Tagen völlig ausgeblendet. Sie hatte nur Gedanken an ihre neue Strategie verschwendet.

„Das können wir aber immer noch machen. Jetzt ist erst einmal der morgige Tag wichtig!"

„Das haben wir alles besprochen. Doch du solltest dich wirklich bei einer Online-Partnerbörse anmelden. Ich weiß, da sind auch viele Chaoten, dennoch geht es auch den Männern so, dass sie eigentlich die richtige Frau suchen. Du hast Nichts zu verlieren. Du bist ein bezaubernder Mensch, dessen Lachen ansteckend ist. Immer wenn ich es höre, fühle ich mich gleich glücklicher. Du hinterfragst vieles, aber nur weil du empathisch bist und um somit viel über die Gefühle und Gedanken deiner Mitmenschen zu erfahren. Ich weiß nicht, wie du aussiehst, aber du wirkst auf mich anmutig und charismatisch", erklärte Marc und Luisa, die Tränen in den Augen hatte, musste bei dem letzten Satz schmunzeln. *„Wenn er mich in meinen Hoodies und Sneakers sehen würde, hätte er einen anderen Eindruck."*

„Ich glaube, dass du einem Partner an deiner Seite ein interessantes und liebvolles Leben bieten wirst!" Mit diesem Satz endete Marcs Erklärung.

Luisa wischte sich Tränen aus dem Gesicht und schwieg. Sie nutzte die Zeit, um ihre Stimme nicht brüchig klingen zu lassen.

„Bist du noch da?", fragte Marc.

„Ja!"

„Und versprichst du mir, dich dort mal anzumelden? Da sind nicht nur Spinner unterwegs."

Wieder folgte nur ein knappes Wort.

„Ja!"

„Okay, das ist schön. Also, geh' heute früh schlafen, damit du morgen fit bist. Und grüble nicht die ganze Nacht über den morgigen Tag nach!"

Luisa räusperte sich kurz.

„Versprochen. Aber du musst mir auch versprechen, dass du dich wieder meldest, sobald du zurück bist. Das ist jetzt nicht so, dass du deine Schuldigkeit getan hast und der Mohr verabschiedet sich für immer!"

„Nein", lachte Marc.

„Ich melde mich sofort nach meiner Reise!"

„Gute Nacht, Marc und Danke!"

„Nacht Luisa und viel Erfolg!"

Am nächsten Morgen hatte der Wecker nur die Chance zwei Töne zu spielen, als Luisas Hand ihn stoppte. Wenige Momente später war sie schon aus dem Bett, und stand unter der Dusche mit ihrer Zahnbürste im Mund. Immer wieder ging sie die Ratschläge von Marc durch. Atemtechnik, Fokussierung, Ausblendung. Das waren die Stichwörter ihrer Maßnahmen. Nach einem raschen Frühstück packte sie ihre Tasche und stand nun vor ihrem Garderobenspiegel. Sie hatte die Haare offen und trug eine bunte, mit Manga ähnlichen Mustern verzierte Bluse. Neben dem obersten knöpfte sie auch den zweiten Knopf auf und man konnte leicht die Wölbung ihres Busens erkennen. Sie grinste dabei. Außerdem hatte sie einen kurzen Rock und eine Nylonstrumpfhose angezogen, die aufgrund ihrer hohen Schuhe ihre Beine schlanker wirken ließen. Warum zog sie sich nicht öfter so an? Irgendwie fühlte sie sich gut. Erhaben und stark. Ihr Make-Up war dezent, aber erkennbar. Sie zog ihr Noch-Bolerojäckchen an, welches sie Tage zuvor schon für Sophie in ihrer Erbmasse berücksichtigt hatte. Als Luisa die Wohnungstür hinter sich zu zog und abschloss, schlenderte ihr Nachbar Florian hinter ihr durchs Treppenhaus. Er hatte kleine Kopfhörer im Ohr und die Kapuze seines Hoodies über den Kopf gezogen. In dem Moment als sich Luisa zu ihm umdrehte, bemerkte er sie und nahm die Kopfhörer heraus.

„Oh mann, gerade jetzt!", dachte Luisa und sah ihn erschrocken an.

Florians Ausdruck war ähnlich. Sein Blick wanderte vom Kopf bis zu ihren Schuhen und wieder zurück.

„Morgen Luisa, du siehst toll aus!", sagte er und schob seine Kapuze zurück.

„Ach das!" Sie schaute kurz an sich herunter. „Das ist meine Arbeitskleidung, aber dennoch Danke."

Sie lächelte, als sie auf ihn zutrat und dann gingen sie gemeinsam die Treppe herunter.

„Du wegen neulich … ich war da 'n bisschen durch den Wind", erklärte sie ihm.

„Ich kenn' das. Ich hab' oft Wechselschichten und was meinst du, wie ich neben der Spur bin, wenn ich Tag und Nacht durcheinander bringe. Wenn ich dann auch noch losziehe und was trinke…!", gab Florian verständnisvoll von sich.

Sie plauderten miteinander, bis sie die Haustür erreichten.

„Ich hoffe, ich habe deine Freundin nicht verwirrt oder dich in eine komische Lage gebracht!", entschuldigte sich Luisa nochmal.

„Ach Thea meinst du. Das ist nicht meine Freundin, mehr sowas wie eine Bekannte", erklärte Florian und grinste sie dabei an.

Luisa nickte verständnisvoll.

„Also, viel Spaß auf der Arbeit und vielleicht treffen wir uns ja mal zur Ladys Night?", rief er ihr noch nach, während Luisa zum Bus rannte.

Sie winkte ihm noch zu, als sich die Schwingtüren des Busses hinter ihr schlossen. Da sie den früheren Bus nahm, erreichte sie die Haltestelle vor der Firma wieder zwanzig Minuten vorher. Mit erhobenem Kopf schritt sie zum Eingang, als sie rechts vom Gebäude einen kleinen Jungen, mit einem Softeis in der Hand, um die Ecke rennen sah. Der Richtungswechsel war für die Geschwindigkeit zu schnell und er verlor das Gleichgewicht. Er stürzte, wobei er versuchte, das kostbare Eis hochzuhalten und konnte sich somit nur mit einer Hand abfangen. Einen kurzen Moment war es ruhig, bis der Schock vorbei war und seine Stimme ertönte. Der kleine Junge heulte los und blieb am Boden liegen. Luisa wollte sofort zu ihm eilen, verharrte jedoch einen Moment. Sie bemerkte, wie zwei Mädchen im Teenageralter, die an der Bushaltestelle standen, sich umdrehten und zum kleinen Jungen rannten. Sie hockten sich neben ihm und sprachen ihn an. Luisa sah, wie er sich aufrappelte und seine eisverschmierten Hände den Arm des Mädchens umfassten, die ihn gerade tröstete.

„Die Welt ist nicht verloren, ohne dich!", sagte Luisa leise zu sich und betrat das Firmengebäude.

Sie eilte in den Konferenzraum und bereitete ihre Unterlagen vor. Sie steckte den USB-Stick in den Laptop und prüfte, ob die Power-Point-Präsentation startete. Es klappte alles. Danach eilte sie noch mal auf die Toilette und erleichterte sich. Als sie vor dem Spiegel stand und ihre Hände mit den Papiertaschentüchern abtrocknete, atmete sie tief ein.

„Okay, es kann los gehen!", sprach sie sich leise zu und drehte den Brausekopf des Wasserhahns los, so dass er nur noch durch die erste Gewindedrehung hielt. Sie verließ die Toilette und sah auf dem Flur ihren Chef mit Herrn Bantel und zwei weiteren Herren auf sich zukommen. Hinter ihnen sauste Kira aus ihrem Büro und hatte eine Mappe in der Hand.

„Meine Herren, bitte kommen Sie rein!", begrüßte Luisa die Herren und winkte sie in den Konferenzraum.

Kira kam auf sie zu gerannt.

„Du bist ja schon da. Ich habe gedacht, das wäre heute spä-ter!", erklärte sie ihr Rennen. „Ich geh' nochmal kurz da rein. Kannst ihnen ja schon mal Kaffee anbieten!", sagte Kira zu ihr und deutete auf die Damentoilette.

Luisa nickte und folgte den Herren in den Konferenzraum. Sie schloss die Tür und bediente den Knopf der Außenjalousien.

„Versuche den Raum extrem zu verdunkeln!", kam ihr der Satz von Marc wieder ins Gedächtnis.

Herr Bantel schaute zu den runterfahrenden Lamellen und dann wieder zu Luisa.

„Äh Frau Kemmer, kann ich Ihnen meine Kollegen, Herrn Krause vom Vertrieb und Herrn Woltmann aus der Buchhaltung, kurz vorstellen?"

Luisa trat zu den Herren und schüttelte ihre Hände. Um sie herum wurde es von Sekunde zu Sekunde dunkler, und jeder be-mühte sich noch einen erkennbaren Stuhl zu erreichen. Als der Motor der Außenjalousie abschaltete, waren nur noch schmale Schlitze zwischen den einzelnen Lamellen zu erkennen. Luisa ging langsam zum Laptop, als sie einen gedämmten Schrei hör-ten. Alle Blicke gingen zur Tür. Luisa hingegen schloss ihre Au-gen und begann ihre Atmung zu verlangsamen. Sie konzentrierte sich auf jeden Atemzug. Es vergingen einige Augenblicke und ihr Chef zerschnitt die Stille.

„Warten wir noch auf Frau Ballack?"

Luisa öffnete ihre Augen und drückte den kleinen Knopf ihrer Laptopfernbedienung. Kurz darauf erstrahlte die erste Vorlage ihrer Präsentation auf der Leinwand.

„Ich kann ja schon mal anfangen!", sprach sie, während sie den Blick auf die Leinwand richtete.

„Herr Bantel, wir hatten Ihnen bei dem letzten Termin eine Werbekampagne vorgestellt. Aber ganz ehrlich, das war nicht die Richtige für Sie. Das war eine null-acht-fünfzehn Kampagne, wie sie zuhauf im Fernsehen und in Zeitschriften zu sehen ist. Die Konsumenten sehen oder lesen sie und haben sie beim Umschalten oder Umblättern schon wieder vergessen. Und wenn sie im Nachhinein gefragt werden, was sie da gerade für eine Werbung gesehen haben, können die meisten es nicht beantworten und die, die es können, werden Ihnen sagen, irgendeine Kaffeewerbung. Ihre Firma hat aber ein Produkt geschaffen, das nicht einfach nur ein Kaffee ist. Also warum sollten sie sich mit einer Einfach-Nur-Kaffeewerbung abgeben. Ihr Produkt kann mehr. Und daher sollte Ihre Werbung auch mehr können. Ich frage Sie, was macht eine gute Werbung aus?" Luisa drehte sich jetzt zu den Herren um. Sie konnte im Dunkeln keine Gesichter erkennen, gab ihnen damit aber das Gefühl der Einbeziehung.

Sie erwartete keine Antwort. Das war nur eine rhetorische Frage.

„Eine gute Werbung ist eine Werbung, die die Menschen bewegt. Wie auch immer! Sie könnte witzig sein, sie könnte schockieren, das hatte in den Neunzigern ein bekanntes Modelabel mal gemacht. Die Werbung war in aller Munde. Ob sie nun den erhofften Erfolg gebracht hatte, ist fragwürdig. Aber alles ist besser, als in der Bedeutungslosigkeit zu verschwinden. Ich glaube, Werbung sollte die Menschen nicht langweilen, sondern unterhalten. Nicht obszön oder schockierend. Nein, ich denke lustig und frech. Das ist die bessere Wahl."

Luisa drückte erneut den Knopf auf ihrer Fernbedienung. Ihre erste Skizze präsentierte sich in dem Format zwei mal einen Meter auf der Leinwand.

„Stellen Sie sich vor, es klingelt an der Tür und Sie öffnen sie. Vor Ihnen steht der Gerichtsvollzieher und möchte pfänden. Der Protagonist lächelt ihn an, schnappt sich ihr Produkt, dreht an der unteren Ebene und der Kaffee erhitzt sich. Er reißt einen Klebekuckuck vom Vordruck des Gerichtsvollziehers und klebt ihn auf den Becher. Er spricht die Worte Coffee and go, während er anschließend die Tür zufallen lässt.“

Luisa zeigte ihre nächste Skizze.

„Hier informiert die Ehefrau den Protagonisten, dass die Schwiegermutter zum Kaffee vorbeikommen wollte. Es klingelt an der Tür. Der Protagonist öffnet sie, nimmt den Kaffeebecher, dreht ihn auf und drückt diesen mit einem Keks der Schwiegermutter in die Hand. Er benutzt ebenfalls die Worte Coffee and go. Die Tür fällt wieder zu.“

Es folgte die nächste Skizze auf der Leinwand.

„Es ist morgens um sechs und es klingelt. Der Protagonist drückt auf die Gegensprechanlage mit Kamerafunktion. Vor der Tür steht seine Freundin mit zerzausten Haaren und verwischtem Lippenstift. Sie versucht das Haar und den Lippenstift zu richten. Die Freundin erwähnt, dass es gestern spät wurde und sie bei einer guten Freundin übernachtet hatte. Die Tür geht auf und der Protagonist reicht ihr einen Koffer und den Kaffeebecher, den er vorher gedreht hatte. Er spricht die Worte Coffee and go und schließt die Tür! Mit dieser Art von Werbung verschafft man dem Kunden Freiräume und stellt gleichzeitig das Produkt in den

Vordergrund. Es ist provokativ, klar, aber auch charmant und witzig!"

Luisa beendete ihren Vortrag und sah nun die dunklen Silhouetten vor sich. Endlos schmerzende Sekunden vergingen, in denen sich Luisas Körper aufheizte. Zum Glück steckte sie heute nicht in einem dicken Baumwoll-Hoody. Wieder war es ihr Chef, der das Wort ergriff.

„Ja, also das war mir auch neu. Ich denke mal, dass das wohl nicht so …" Sein Stammeln wurde durch eine andere Stimme im Raum unterbrochen.

„Ich find 's geil!"

Luisa erinnerte sich, dass Herr Bantel, den links sitzenden Herrn, als Vertriebsmitarbeiter vorgestellt hatte. Gleich darauf folgte eine weitere Stimme.

„Ich finde die Kampagne auch perfekt für unser Produkt!", hatte die Buchhaltung gesprochen.

Dieter Richter stand auf und ging zum Jalousienschalter. Durch das Betätigen drehten sich sofort alle Lamellen und fluteten den Raum mit Tageslicht. Alle Beteiligten kniffen ihre Augen für einen Moment zu, als der Motor anschließend die Lamellen wieder nach oben beförderte. Auch Herr Bantel gab einen Kommentar ab.

„Ich wollte, das eigentlich erst noch in Ruhe mit meinen Kollegen abstimmen, aber ich denke wir teilen da die gleiche Ansicht!"

Luisa lächelte in die Runde und endete mit ihrem Blick bei ihrem Chef, der ihr Lächeln erwiderte.

„Was jetzt noch wichtig ist, dass wir dem Produkt den richtigen Namen verpassen. Der sollte einprägsam, einfach und zur Kampagne passen. Es handelt sich ja um ein Coffee to go Produkt!" Luisa vergaß in diesem Moment ganz ihre Rhetorikschwäche.

Sie ließ den Satz wirken und wartete darauf, dass der Kunde auf den Namen kam. Sie hatte ihn bereits in allen drei Szenarien erwähnt, wollte jedoch, dass der Kunde selbst als Namensgeber fungierte. *Bringe deine Mitmenschen dazu, deine Idee als ihre eigene zu verstehen. Dann sind sie davon auch überzeugt.*

„Was haltet ihr von Coffee and go? Da ist die Thematik des Produktes enthalten und gleichzeitig ist es ein eigenständiger Begriff", schlug Herr Krause vor.

„Coffee and go!", wiederholte Herr Bantel.

Luisa hatte die letzte Vorlage ihrer Power-Point-Präsentation nicht gezeigt, denn dort stand genau dieser Name in großen Lettern.

Herr Woltmann aus der Buchhaltung stimmte dem Vorschlag ebenfalls zu. Herr Richter drückte seinen Rücken durch und strahlte die Kunden an.

"Super Name!", gab Luisa von sich.

„Wenn ein Produkt neu auf den Markt kommt, sollten wir die Kunden mit der Kampagne überrollen. Ich habe den Ausstrahlungs- und Printmedienplan überarbeitet. Sie werden in wesentlich kürzerer Zeit ihr Produkt im Markt platzieren können, wenn wir den bisherigen Plan um siebzig Prozent erhöhen werden. Es entstehen dadurch mehr Werbekosten, aber je früher ihr Produkt bekannt ist, umso schneller steigt der Absatz."

Luisa öffnete eine weitere Datei auf dem Laptop und präsentierte den neuen Etatplan. Er lag um fast siebzig Prozent über dem Alten.

„Ich habe alle Unterlagen als Ausdruck für Sie vorbereitet."

Sie überreichte den drei Herren jeweils die Mappen. Es folgte ein Blickwechsel zwischen Herrn Bantel und Herrn Woltmann.

„Frau Kemmer, Herr Richter. Die neue Kampagne gefällt uns ausgesprochen gut. Über das erhöhte Werbebudget werden wir uns jedoch noch intern besprechen."

In dem Moment öffnete sich die Tür und Kira stand in der Zarge. Sie hielt zwischen zwei Fingern ihre noch feuchte Bluse vom Körper ab. Sie befürchtete, dass ansonsten ihr BH durch den nassen Stoff in Erscheinung trat. Luisa kam ihr entgegen.

„Meine Herren, bitte entschuldigen Sie mich. Ich müsste mal wohin. Ach Kira, bitte gib' unseren Kunden doch einen Kaffee …!", sprach Luisa und verließ den Konferenzraum.

„…and go!", rief Herr Krause ihr noch nach und lachte.

Luisa verschwand in der Damentoilette und betrachtete sich vor dem Spiegel. Sie stützte ihre Arme auf dem Waschbecken ab. *„Ich hab 's geschafft!"*. Sie strahlte vor sich hin, als sie den Brausekopf wieder langsam festdrehte und sich anschließend die Hände wusch. Sie verabschiedete sich von den Kunden und verbrachte die nächste dreiviertel Stunde in dem Büro ihres Chefs. Nachdem sie sich eine Standpauke anhören musste, weil sie ihren Chef nicht über den Kampagnenwechsel im Vorfeld informiert hatte, erklärte sie, dass ihr dieser Einfall erst ganz spontan kam. Er zweifelte an dieser Aussage, war aber mit dem Ausgang des Kundenauftrages mehr als zufrieden. Luisa forderte, dass sie sich eine andere Kollegin in ihrem Team wünschte. Es sei nichts Persönliches, nur stimmte die Chemie zwischen ihnen nicht. Sowas gab es manchmal, das konnte man nicht erzwingen. Herr Richter bemühte sich um Ersatz und Luisa versprach im Gegenzug, bis dahin alles Notwendige für die Coffee and go Kampagne umzusetzen. Als Luisa wieder in ihr Büro kam, fragte Kira sie, wie der Termin mit den Kunden gelaufen war. Als Gegenfrage wollte Luisa wissen, wo sie denn die ganze Zeit gesteckt hatte. Kira erzählte, dass beim Händewaschen der Brausekopf das Wasser überall hin verteilte und sie komplett nass gespritzt hatte. Sie verfluchte, dass es auf der Damentoilette kein Handgebläse gab, denn damit hätte sie das Malheur viel schneller beseitigen können. Herr Richter rief anschließend Kira Ballack in sein Büro und teilte ihr mit, dass sie ab sofort in der Abteilung Controlling benötigt würde.

„Kannst Du dir erklären, warum die mich da unten anfordern?", fragte Kira Luisa. "Ich bin doch eher der kreative Typ!", fügte sie hinzu, als sie ihre persönlichen Sachen aus der Schreibtischschublade nahm.

Luisa zuckte die Schultern und sah sie ebenso fragend an.

„Mach 's gut Luisa. Und wenn noch was ist, ruf' mich an!", sagte Kira und verabschiedete sich auch von den anderen Kolleginnen im Büro.

In dem Moment tat sie ihr leid. Luisa schaute auf den Monitor und atmete intensiv ein und aus. Als ihre Kollegin den Raum verlassen hatte, wirkte es aber auf sie wie eine Befreiung. Jetzt hatte sie zwar die ganze Arbeit, fühlte sich aber nicht mehr ausgenutzt. Jetzt wusste Herr Richter, dass sie allein die ganze Arbeit erledigte und würde es auch entsprechend wertschätzen. Luisa lächelte. Der Arbeitstag verging wie im Flug, da sie sich nun komplett auf die aktuelle Kampagne konzentrieren konnte und nicht, wie zuvor, den halben Tag an eine Strategie arbeiten musste, von der sie sich sowieso keinen großen Erfolg erhoffte. Sie verließ das Büro um halb sechs und bemerkte, sowohl beim Verlassen des Gebäudes als auch im Bus, dass ihr mehrere Blicke der männlichen Bevölkerung zugeworfen wurden. Lag es am Outfit oder an ihrem Strahlen? Egal! Beides stand ihr sehr gut.

Luisa schloss die Wohnungstür auf und wurde wieder mal von Theodor begrüßt. Sie nahm den Kater auf den Arm und drückte ihren Kopf gegen seinen. Sofort ertönte das vertraute Schnurren ihres Mitbewohners. Während sie den Schlüssel in die kleine Holzschale auf dem Garderobentisch legte, bemerkte sie das Blinken ihres Anrufbeantworters. Das Gerät kündigte ihr eine aufgezeichnete Nachricht an. Sie verlagerte den Kater auf einen Arm und drückte die Playtaste. Eine neutrale Frauenstimme kündigte ihr das Datum und die Uhrzeit der Aufnahme an, bevor die eigentliche Nachricht folgte.

„Gemeinschaftspraxis Tümmler und Schwartz, Stellmann am Apparat. Frau Kemmer, wir wollten Ihnen nur schnell die Ergebnisse des großen Bluttests mitteilen. Der mögliche Verdacht einer Leukämie ist nicht bestätigt worden. Der erhöhte Leukozyten Wert muss aufgrund einer anderen Viren- oder Bakterieninfektion entstanden sein. Hatten Sie eventuell zu der Zeit einen Infekt? Auf jeden Fall geben wir Ihnen hiermit Entwarnung. Wenn Sie

Fragen haben, rufen Sie uns einfach zurück. Einen schönen Abend noch Frau Kemmer, Tschüss!"

Luisa erinnerte sich an ihren Husten vor einigen Tagen. Vielleicht hatte sie ja eine verschleppte Bronchitis gehabt. Sie lehnte sich gegen die Flurwand und lächelte erneut. Das war seit langem ihr schönster Tag. Der letzte Brocken rutschte ihr von den Schultern. Alles was sie die letzten Tage zermürbt hatte, war Geschichte geworden. Die ganzen Bauchschmerzen und gedankengefüllten Nächte waren umsonst gewesen. Wären Sophie und Marc nicht an ihrer Seite gewesen, wer weiß, wie sie die Tage überstanden hätte. Sie war so glücklich. Und das wollte sie genießen. Auf ihr leises Pfeifen kam keine Reaktion. Im Stillen hatte sie gehofft, dass Marc doch nicht weg war. Doch sie bekam keine Antwort. Daraufhin schnappte sie das Telefon und lud Sophie auf einen pizza- und merlotreichen Abend ein.

Die nächsten Tage waren arbeitsintensiv. Dennoch freute sie sich auf ihre Kampagne. Herr Bantel hatte der Erhöhung des Werbebudgets zugestimmt und Herr Richter beglückwünschte Luisa zu dem Abschluss. Die Skizzen aus der Grafikabteilung sahen tausendmal besser aus, als ihre eigenen und sie war bei einem Casting für die TV-Spots dabei. Diese Aufgaben hatten zuvor immer die anderen Teammitglieder übernommen und erst jetzt merkte sie, wie interessant auch diese Themenblöcke waren. Sie blühte in ihrem Job auf. Außerdem hatte sie ihre Garderobe nach und nach verändert. Die Röcke und vor allem die hohen Schuhe waren oft unpraktisch und auf Dauer auch schmerzhaft, aber sie bewirkten einiges bei ihren Mitmenschen. Ihr Umfeld reagierte anders auf sie. Das war angenehm. Nein, das war schön. Eine ganze Woche verging und Luisa sehnte sich nach dem Wochenende.

Es war Samstag und es klingelte kein Wecker. Ihr Schlafzimmer wurde vom Tageslicht geflutet und erst gegen elf Uhr flackerten ihre Lider und ließen für Luisa den Tag beginnen. Im Pyjama schlürfte sie in die Küche und setzte Kaffee auf. Instinktiv formte sie ihre Zunge und ließ ein leises Pfeifen ertönen. Das war in den letzten Tagen zu einem Ritual geworden. Jedes Mal hoffte sie, dass sie ein Echo hören würde. Aber auch heute Morgen bekam sie keine Antwort. Er fehlte ihr. Zwar war eigentlich alles in Lot, aber sie wollte ihm so vieles erzählen. Außerdem wäre es schöner, sein Frühstück mit einer Konversation einzunehmen, anstatt einfach stumm vor sich hinzukauen. Sie hatte in letzter Zeit nicht mehr so viel über die mögliche Ursache ihrer Verbindung nachgedacht. Sie hatte weder einen Termin beim schönen Hausarzt noch bei Lothar Weinmann vereinbart, geschweige denn Frauke nochmal eingeladen. Als die dritte Brötchenhälfte in ihrem Mund verschwand, kam ihr dennoch eine Idee. Sie räumte die Küche auf, stellte sich anschließend unter die

Dusche und putzte die Zähne. Danach schnappte sie sich ihren Laptop und hockte sich auf den Sessel im Wohnzimmer. Sie nahm das Gerät auf den Schoss und spürte die warme Luft, welche durch die Lüfter aus dem Laptop kam, auf ihren Oberschenkeln. Luisa öffnete eine Suchmaschine. Nach wenigen Klicks zeigte ihr das weltweite Netz mehrere deutsche Partnersuchportale. Sie ging die Angebote von oben nach unten durch, wobei ihr gleich beim ersten Öffnen schon diverse männliche Kandidaten vorgestellt wurden. Da waren einige schnucklige Exemplare dabei. Einer erinnerte sie sogar leicht an Jeff und sie war einen Moment wieder verunsichert. Doch sie wollte diesen Schritt gehen. Sie wollte einfach den Stein ins Rollen bringen. Nach knapp einer dreiviertel Stunde hatte sie sich für eine etwas seriöser wirkende Vermittlung entschieden und ihr Profil erstellt. Die längste Zeit verbrachte sie mit dem Aussuchen eines passenden Fotos. Sie wollte kein Bewerbungsfoto einstellen, hatte aber auch keines für diese Präsentation anfertigen lassen. Bei der Betrachtung der anderen Bewerberfotos fiel ihr auf, dass hier wirklich explizit Fotos für dieses Format angefertigt wurden. Wozu lässt man sich sonst beim Fotografen ein Oberkörperfoto mit legerer Kleidung und ansprechenden Posen erstellen? Die meisten Fotos waren perfekt ausgeleuchtet, zeigten Menschen lachend oder mit lasziven Blicken, mal in Farbe, mal schwarz-weiß, einige sogar am Rand unscharf, um eine romantische Stimmung zu erwecken. Luisa hatte ein Foto vom Handy genommen, welches sie noch mit einem Programm zugeschnitten hatte. Sie hatte einen kurzen Moment gezögert, bevor sie dann noch eine automatische Gesichtsglättung drüberlegte.

„Ich glaub', das machen alle", widersprach sie im Geiste ihrem schlechten Gewissen und platzierte das Foto. Sie prüfte noch zweimal ihr Profil, achtete dabei auf Rechtschreibfehler und Satzbau und drückte anschließend, mit leicht zitterndem Zeigefinger, die Uploadtaste. Einen kurzen Augenblick später bestätig-

te ihr das Programm, dass ihr Profil erfolgreich eingestellt wurde. In den nächsten Tagen sollte sie häufiger ihre Maileingänge auf die Anfragen prüfen. Luisa lehnte sich zurück und freute sich. Auch zu diesem Schritt hatte Marc sie gebracht. Welche Erfolge sich in naher Zukunft einstellen würden, war ungewiss, aber sie hatte alles Nötige von ihrer Seite angeschoben.

Gesundheit, Beruf, Liebe. Sie war auf einem guten Weg. Keine Baustelle mehr, bei der ihr Dschinn helfen konnte, musste, sollte. Er war weg. Auf schnelle, leichte Art. Kein großer Abschied mit Wehmut und Tränen. Es war ein sanfter Abschied, der erst nach und nach zur Wirklichkeit wurde. Luisa war wieder auf der Startseite ihres Internetanbieters. Der blinkende Balken wartete auf einen Befehl. Sie klickte erneut auf das Symbol einer großen Suchmaschine und tippte einige Begriffe ein.

Eine halbe Stunde später starrte Luisa fassungslos auf den Bildschirm ihres Laptops. Sie sah sich die letzten Sekunden des YouTube Videos schon zum dritten Mal an. Sie konnte es nicht glauben. Dann erwachte sie aus ihrer Starre und tippte in der Suchmaschine weitere Begriffe ein, die ihr nach einigen Sekunden hilfreiche Informationen präsentierten. Sie notierte sich etwas, fuhr den Laptop herunter und stellte ihn ins Regal zurück. Luisa sprang auf, rannte ins Badezimmer und überprüfte ihr Aussehen. Für eine aufwendige Maske war keine Zeit. Sie bürstete schnell ihre Haare und zog anschließend Sneakers und Jacke an. Sie griff die Handtasche und eilte aus der Wohnung. Mit diesen Schuhen konnte sie die Stufen in wahnsinnig schnellen Schritten nehmen und stand schon nach wenigen Sekunden vor dem Haus. Sie sah auf ihre Armbanduhr, um die Zeit des nächsten Busses zu prüfen. Sie beschleunigte ihren Lauf, da der Bus in genau zwei Minuten eintreffen müsste. Die Geräuschkulisse war zu dieser Zeit gedämpft und ließ auch keinen Anlass zur übertriebenen Achtsamkeit aufkommen. Keine Geräusche von fahrenden Autos ertönten, als sie durch die parkenden Fahrzeuge rannte. Als Luisa den ersten Schritt auf die Fahrbahn machte und ihren Blick von der Armbanduhr erneut zur Haltestelle hob, erkannte sie jedoch etwas Weißes auf sie zukommen. Im nächsten Augenblick knallte es laut und alles wurde dunkel.

Luisas Wohnungstür wurde aufgeschlossen und Sophie kam herein. Theodor kam ihr nicht entgegengerannt, denn der lebte nun schon über einen Monat bei ihr. Sie legte die Post, die sie unten aus dem Briefkasten mitgebracht hatte, auf den Wohnzimmertisch. Hier waren schon drei Stapel sortiert, in die jeweiligen Anlässe unterteilt. Sophie stand im täglichen Kontakt mit Luisas Eltern und teilte ihnen die Inhalte der Posteingänge und erledigte die schriftlichen Rückmeldungen an die Adressanten. Neben der Post kümmerte sich Sophie auch um die Blumen. Sie kam zweimal die Woche vorbei. Es deprimierte sie jedes Mal, wenn sie über die Türschwelle trat. Es war so ruhig. Sonst war es nie so ruhig, wenn sie hier war. Die beiden jungen Frauen waren durchgehend am Reden. Jeder nutzte die Pause der anderen, um etwas zu erzählen. Obwohl die Wohnung unbewohnt war, war die Luft verbraucht und stickig. Sophie öffnete überall die Fenster, setzte sich in den Sessel und öffnete die neue Post. Es waren ausschließlich Rechnungen oder Rückschreiben von Unternehmen. Sophie bat, aufgrund des ungewissen Zeitraums über den gesundheitlichen Zustand ihrer Vertragsnehmerin, die laufenden Verträge einzufrieren. Nach dem Unfall waren Luisas Eltern und sie hier und hatten sich gefragt, was Luisa an diesem Tag aus der Wohnung getrieben hatte. Sie waren die aktuelle Post durchgegangen und haben auch alle Nachbarn interviewt, ob ihnen an dem Tag irgendetwas aufgefallen war. Sie konnten jedoch keine Ursachen erfahren. Besonders betroffen war jedoch der junge Nachbar über ihr. Er hatte sich nach ihrem Befinden erkundigt und war anfangs auch öfter im Krankenhaus zu Besuch. Auch die neue Post gab keinen weiteren Aufschluss über die Ursache des schnellen Aufbruchs von Luisa. Sophie sortierte die Post und lehnte sich anschließend zurück.

Ihr Blick wanderte durch den Raum und blieb einen Moment an dem Laptop hängen, der akkurat in einem Regalfach des

Wohnzimmerschrankes lag. Soweit sie sich erinnern konnte, war das der Platz, in dem er verstaut wurde. Hier lag er immer. Wenn er der Anlass gewesen wäre, würde er doch bestimmt nicht dort liegen, sondern einfach dort stehen, wo er zuletzt benutzt wurde. Wenn man schnell reagieren wollte, machte man sich doch nicht die Mühe, ihn wieder zurück zu legen. Doch Sophie erinnerte sich, dass Luisa anders war. Auch wenn sie zusammen kochten, war sie es, die immer mal wieder zwischendurch die Gewürze zurückstellte oder den Tisch und die Arbeitsplatte sauber wischte. Sie stand auf und holte den Laptop aus dem Regal, klappte den Bildschirm hoch und startete das Gerät. Es benötigte einigen Minuten, bis das Betriebssystem hochgefahren war und ihr den Desktop anzeigte. Sophie betrachtete die Icons und Ordner, die Luisa dort abgespeichert hatte. Es waren Icons zum Schnellstart ins Internet oder für die gängigsten Programme. Ein Ordner nannte sich „Bilder" und ein weiterer „Skizzen". Sophie öffnete beide hintereinander und sah, Handyfotos aus zahlreichen Jahren und im anderen Ordner PDF.-Dateien von Arbeitsskizzen. Sophie schloss die Ordner und öffnete kurz darauf das Internet. Auch hier vergingen einige Augenblicke, bis der Browser ihr den Zugriff auf die Welt ermöglichte. Sophie scrollte auf den letzten Suchverlauf des Browsers und sah einige Links. Der älteste Eintrag an dem Unglückstag war die Homepage einer Partnerbörse. Sophie klickte eine Web-Adresse nach der anderen an. Sie rekonstruierte den Browserverlauf im gleichen Ablauf wie Luisa. Nach der letzten Partnervermittlung folgte ein Link zu einem Forum mit dem Thema Stimmen im Kopf. Dort gab es einen Chat, in dem sich zahlreiche Mitglieder über ihre Bekanntschaften mit inneren Stimmen austauschten. Der nächste Link brachte sie zu einem Bericht eines Psychologieprofessors, der sich zum Phänomen - Stimmen im Kopf - äußerte. Dieser Bericht zog sich über mehr als zwanzig Seiten hin. Es folgte ein YouTube Video in schlechter Qualität, das jemand aus dem Publikum über eine entsprechende Podiumsdiskussion, gefilmt hatte. Der vorletzte Eintrag war ebenfalls ein YouTube Video. In dem Video wurde ein deutscher Autor über sein neuestes Buch interviewt. Der Reporter stellte Fragen über die bisherigen Werke und warum diesmal ein ganz anderes Genre bedient wurde.

Reporter: „Hallo Herr Klave. Es geht heute um ihr neuestes Werk. Involtanien. Meine erste Frage lautet: Ist es für einen Schriftsteller nicht gefährlich, auf einmal ein ganz anderes Genre zu betreten? Sie könnten ihre bisherigen Fans verlieren!"

Autor: „Ach, wissen Sie. Ich glaube, da geht es den Schriftstellern sowie den Schauspielern. Man möchte herausfinden, was man noch so für Möglichkeiten hat. Kann man mit seiner Kunst auch andere Menschen fesseln und mitnehmen?"

Reporter: „Wie ist es denn überhaupt zu dem Sinneswandel gekommen? Gab es einen Auslöser?"

Autor: „Es war einfach so, dass mir diese Geschichte in den Sinn kam. Und zwar eine Fantasygeschichte. Die passt so gar nicht in das Genre, was ich sonst schreibe. Aber ich fand diese Story so toll, dass ich dachte, die muss geschrieben werden. Außerdem sollte es auch mal humorvoll sein und nicht so düster wie meine sonstigen Thriller."

Reporter: „Die Story hat schon etwas Mysteriöses! Wie kommt man darauf oder gibt es in ihrem Leben auch solche Vorkommnisse?", lachte der Interviewer.

Der Schriftsteller schwieg einen Moment und verharrte. Dann sah er sein Gegenüber ruhig an.

Autor: „Wissen Sie was? Sie erhalten hier das Exklusivrecht über etwas, dass ich bisher niemanden erzählt habe. Nicht mal meiner Agentin!"

Der Reporter richtete sich auf und wartete gespannt.

Autor: „Ich habe eine Stimme im Kopf. Es ist eine Frauenstimme, mit der ich zahlreiche Dialoge geführt habe. Ihr Name ist Luisa und sie ist eine quirlige charmante Person, die mir übrigens auch bei diesem Werk geholfen hat."

Reporter: „Ist das ihr Ernst?"

Der Autor nickte.

Reporter: „Aber das muss doch extrem anstrengend sein, wenn Sie beim Schreiben immer eine Stimme hören?". Der Reporter wirkte nicht überzeugt, von den Ausführungen des Schriftstellers.

Autor: „Nein, überhaupt nicht. Ich kann das zum Glück trennen, denn ich höre die Stimme nur wenn ich in der Küche bin."

Reporter: „Das wiederum macht Sinn. Ich höre auch eine Frauenstimme, nur aus der Küche!", erwiderte der Reporter und lachte laut, während der Autor nur etwas schmunzelte.

Hier endete das Video. Sophie war wie gelähmt. *„War das etwa...?"* Unter dem Video stand: Interview von Niklas Herrmann mit dem Autor Marc Klave zu dem jüngsten Werk des Künstlers Involtanien. *„Marc! Er hat auch einen Nachnamen und es gibt ihn wirklich."* Sophie wusste, was Luisa anschließend getan hatte. Der letzte Link zeigte die Homepage des Autors. Hier stand alles über die Person, dessen Bücher und sogar die aktuellen Lesungstermine. Mit schnellem Blick überflog sie diese. An dem Unglückstag hatte Marc eine Lesung in Delmenhorst. Luisa wollte dorthin. Sie wollte ihn treffen.

Drei Stunden später klingelte das Telefon. Marc quälte sich vom Sofa hoch, da er sein Handy auf dem Garderobentisch hatte liegen lassen. Bevor er den Anruf annahm, betrachtete er das Display, um den Anrufer zu erfahren. Es war seine Agentin.

„Hi du!", begann er das Gespräch.

„Hallo Marc. Hier ist Isabelle!"

„Ja?"

„Hier steht eine junge Frau vor meinem Schreibtisch, die behauptet nicht dein größter Fan zu sein, dafür aber eine haarsträubende Geschichte im Gepäck hat!" Isabelle fixierte bei dem Gespräch den Gast in ihrem Büro.

„Und zwar?", schnaufte Marc müde und schlenderte mit dem Telefon zurück zum Sofa.

„Es geht um dein Interview mit Niklas Herrmann. Sie hat es auf YouTube gesehen und behauptet, sie sei eine Freundin von deiner Stimme im Kopf!"

Marc hörte, wie eine weit entfernte Frauenstimme durch das Telefon drang.

„Ihr Name ist Luisa Kemmer!"

Marc stockte einen kurzen Moment und warf die Wolldecke wieder zur Seite.

„Frag' sie, wie ihr Name ist!", forderte er seine Agentin auf.

„Wie heißen Sie gleich nochmal?“

„Sophie Hartmann!“

„Hast du das gehört?“, fragte Isabelle ihn daraufhin.

Ein Schauder überzog ihn und er war für einen Moment wie gelähmt, bis die erneute Frage ihn zurückholte.

„Marc, hast du gehört?“

„Kann ich sie sprechen?“, bat er ruhig.

„Wirklich?“

„Ja bitte!“

Es raschelte am Apparat und einige Augenblicke später hörte er eine Frauenstimme.

„Hallo Herr Klave. Hier ist Sophie Hartmann. Wir haben eine gemeinsame Bekannte.“

„Hallo“, brachte er als einziges heraus.

„So wie es Ihnen gerade geht, ging es mir vorhin auch. Das ist alles etwas surreal.“

Marc konnte sich auf die Situation noch nicht einstellen. Er hatte nicht so viel Zeit, wie Sophie gehabt, sich über diese Situation Gedanken zu machen.

„Das kann doch nicht …“, begann er ruhig zu sprechen.

„Doch, kann es. Meine Freundin heißt Luisa Kemmer. Sie ist fünfunddreißig Jahre alt und Single. Sie haben Ihren Erstkontakt so vor knapp zweieinhalb Monaten gehabt. Luisa erzählte mir anschließend davon und wir haben dann gemeinsam mit Ihnen Kontakt aufgenommen. Anschließend hatten wir auch noch ein Medium, namens Frauke eingeladen, die uns helfen sollte." Sophie wartete auf eine Reaktion seinerseits.

„Ja, das stimmt." Marcs Stimme war monoton, fast fahrig. So als ob er unter Narkose stand.

„Herr Klave. Können wir uns treffen? Luisa braucht ihre Hilfe. Es ist etwas Schlimmes geschehen."

„Was ist mit Luisa?" In dem Moment war Marc wieder gegenwärtig.

„Sie hatte einen Unfall. Bitte, können wir uns treffen?", flehte Sophie.

Marc war es wichtig, seine Privatsphäre zu schützen, daher überlegte er kurz einen neutralen Treffpunkt zu wählen. Doch andererseits konnte er Luisa ja nur von hier helfen, also gab er Sophie seine Adresse durch. Sie brauchte für den Weg eine knappe halbe Stunde und so beendeten sie das Telefonat. Isabelle bekam den Telefonhörer zurück und wollte bei Marc diese Geschichte noch hinterfragen, hörte jedoch nur das Besetztzeichen.

Marc stand auf und schritt im Wohnzimmer auf und ab. *„Sie ist real. Es gibt Luisa wirklich!"*

Wenn Luisa und Sophie ihn über das Internet gefunden haben. Dann kann er es eventuell ja auch. Marc holte sein Laptop hervor und startete das Betriebssystem. Warum hatte er nie die Möglichkeit in Betracht gezogen und sie im Netz gesucht? Er kannte doch ihren kompletten Namen. Nach einigen Momenten war der Rechner hochgefahren und Marc startete die Onlinesuche nach Luisa Kemmer. Es gab einige Treffer. Hier war eine österreichische Pianistin im Alter von sechsundsiebzig zu finden. Sie hatte mehrere Einträge zu Konzerten und Auszeichnungen für ihre Stiftung. Außerdem präsentierten sich einige Bilder von Frauen. Neben Einzelportraits waren auch Gruppenbilder, auf denen jemand Luisa Kemmer zugeordnet hatte. Marc wusste nicht, wer davon seine Luisa war. Doch dann fiel seine Suche auf einen Hinweis einer Partnervermittlung. Everlove hatte unter mehreren anderen Namen auch eine Luisa Kemmer gefunden. Er klickte auf die Homepage. Für eine detaillierte Suche musste sich der Benutzer jedoch anmelden. Im ersten Monat wurden eine kostenlose Mitgliedschaft sowie eine jederzeitige Kündigung bestätigt. Marc zögerte nur einen kurzen Moment. Er erstellte in wenigen Minuten sein Profil, wobei er nur einzelne Wörter bei geforderten Daten eingab. Kurz danach, war sein Profil erstellt und er hatte die Möglichkeit eine Partnersuche zu starten. Bei diesem Portal fragte man zuerst nach den Wunscheigenschaften des Partners. Marc gab die Daten ein.

Kategorien

Geschlecht: weiblich. Mittlerweile gab es hier mehr Auswahlmöglichkeiten als männlich und weiblich.

Status: ledig. Das klang komisch, aber auch hier gab es noch Alternativen, wie geschieden, verwitwet und sogar verheiratet.

Alter: zwischen 30 und 35

Kinder: Keine

Haustiere: Katze

Beruf: Werbung. Hier gab es übergeordnete Bereiche wie Medizin, Service etc.

Die Sanduhr arbeitete und durchwühlte die Datei nach den gewünschten Eigenschaften. Die Plattform hatte sieben Kandidaten gefunden und Marc begann mit der Durchsicht. Die erste Frau wohnte in München und war bereits seit vier Jahren Mitglied dieser Partnervermittlung. Ihre Einträge waren nüchtern und durchgestylt. Sie war ein Profi in Sachen Verkauf. Sie preiste die Ware interessant und einzigartig an. Marc klickte auf Kandidatin Nummer zwei und hatte seinen Treffer. Zuerst wurden die Daten des Mitgliedes aufgelistet, wie Alter, Größe, Hobbys und ähnlichem. Auf der zweiten Seite kam der persönliche Text:

Mein Name ist Luisa.

Mein Lachen ist ansteckend und bezaubernd. Das sagen meine Mitmenschen über mich und bezeichnen mich als anmutig und charismatisch. Ich weiß nicht, ob ich diese Meinung teilen kann, was ich allerdingst nicht verheimlichen kann ist, dass ich Vieles hinterfrage. Das jedoch nur, um Klarheit über die Gefühle und den Antrieb meiner Mitmenschen zu erfahren und zu verstehen.

Wer viele Fragen stellt, hört aber auch zu!

Meine Arbeit beflügelt mich und füllt einen Teil meines Lebens aus, das jedoch nur komplett glücklich wird, wenn ich einen harmonischen und gleichzeitig heißblütigen Partner Mein nennen darf. Meine Suche ist anspruchsvoll, da ich unbedingt einen empathischen Partner an meiner Seite brauche. Vielleicht sind meine Anforderungen hoch, doch dafür biete ich demjenigen einen warmherzigen, humorvollen, brillanten und begehrenswerten

Menschen an. Ich würde Dein Leben interessant und romantisch bereichern.

Marc grinste, als er den Text las. Mit einem weiteren Klick bekam man ein Bild zu dem Menschen. Er zitterte leicht und lies den Zeigefinder noch einen Moment über die linke Maustaste schweben. Im Geiste hatte er ein Bild von ihr vor Augen, und wollte dieses erhalten. Doch die Neugier forderte mehr. Er kannte ihre Haarfarbe und ihre Augen, wenn sie sie ihm richtig beschrieben hatte. Sie konnte ihn nicht enttäuschen, denn es war der Mensch, der ihn begeisterte. Marc schloss die Augen und drückte die Taste. Als er sie wieder öffnete, lachte ihn eine junge Frau an, die scheinbar Arm in Arm mit einer anderen Frau in die Kamera sah. Dieses Bild wurde zugeschnitten, das war an dem noch erkennbaren Arm um ihren Hals zu erkennen. Das war Luisa Kemmer. Seine innere Vorstellung und das Foto auf dem Bildschirm verschmolzen zusammen und zeigten ihm den Menschen, mit dem er zahlreiche Abende verbracht hatte. Den Menschen, der ihm neuen Flow und die Leichtigkeit wiedergebracht hatte. Er zog das Bild größer und betrachtete sie weiterhin, bis die Türklingel ihn aufschreckte. Er stellte den Laptop auf den Tisch und überlegte, ob er das Programm schließen sollte oder nicht. Was würde Sophie denken? Er entschied sich für das Logout und klappte den Bildschirm zu. Die Klingel ertönte zum zweiten Mal und Marc benutzte die Gegensprechanlage.

„Hallo?"

„Herr Klave?"

„Ja."

„Ich bin's, Sophie Hartmann. Darf ich rein?", fragte die Frauenstimme aus dem Lautsprecher.

Ohne Antwort drückte er den Türöffner und gewährte Einlass. Das Mehrparteienhaus hatte nur vier Wohnungen. Seine Wohnung lag gleich unten im Halbparterre, daher öffnete er gleichzeitig die Wohnungstür und stand in der Zarge. Die Situation war unbehaglich. Er hatte bereits mehrmals mit ihr, über Luisa hindurch gesprochen, aber irgendwie war es ja immer Luisa, mit der er kommuniziert hatte. Jetzt stand die fremde Vertraute vor ihm und reichte ihm die Hand. Sophie war hübsch, hatte blonde kurze Haare und einen dreiviertel langen Trenchcoat an. Ihr Blick war traurig, aber bemüht zu lächeln.

„Hallo Herr Klave!"

„Hallo Frau Hartmann. Kommen Sie rein!" Marc schüttelte ihre Hand und ließ sie eintreten.

„Darf ich Ihre Jacke nehmen?"

„Oh gerne", antwortete Sophie und schlüpfte aus dem Trenchcoat.

„Bitte gehen Sie voran. Da ist das Wohnzimmer!", deutete Marc auf die offene Wohnzimmertür und hängte den gefüllten Bügel an die Garderobe.

Sophie nahm auf dem Sofa Platz und stellte ihre Tasche neben sich auf die Sitzfläche. Es war die Haltung eines Gastes, nicht die eines Besuchs. Sie wirkte angespannt und auch ihn umfasste dieses Gefühl. Durch die Antworten, die Luisa ihm damals von ihr ausgerichtet hatte, war sie eine taffe witzige Person, die man gerne um sich hatte. Die Frau, die sich jetzt in diesem Raum befand, war verunsichert und ängstlich.

„Darf ich Ihnen etwas anbieten?", fragte Marc.

Sie schüttelte den Kopf und blickte auf den Wohnzimmertisch vor sich. Marc nahm auf dem Sofa gegenüber Platz und wusste nicht, wie er das Gespräch beginnen sollte. Zum Glück ergriff Sophie das Wort.

„Luisa und ich sind gute Freunde und hatten uns im Studium kennengelernt. Nachdem wir allerdings unsere Jobs bekommen hatten, haben wir uns nur noch gelegentlich getroffen. Durch die Arbeit sind diese Treffen immer seltener geworden und bald war es so, dass wir nur noch zweimal im Jahr die Gelegenheit fanden, uns zu sehen. Luisa hatte mich vor knapp zweieinhalb Monaten angerufen, weil sie meine Hilfe brauchte. Sie war völlig aufgelöst und hatte mir von der Stimme im Kopf erzählt. Sie befürchtete eine Schizophrenie. Ab diesem Tag hatten wir unsere Freundschaft wiederentdeckt und uns öfter getroffen." Diese Geschichte hatte Marc bereits am Abend ihres Kennenlernens erfahren, doch Sophie wollte damit nochmal die Glaubwürdigkeit untermauern.

„An dem Abend, als ich sie bat, mich mit der Stimme sprechen zu lassen, war sie die Dolmetscherin. Es war lustig und hatte sie aus ihren Ängsten geholt. Wir haben diese Stimme angenommen und aus einer Bedrohung eine Akzeptanz und später sogar, so sagte mir Luisa, einen Gewinn daraus gezogen. Die Abende mit Luisa waren toll und hatten mir die Jahre davor gefehlt. Sie erzählte mir oft, dass sie mit der Stimme viele gute Gespräche geführt hatte, die sie stärkten und ihr Mut gebracht hatten." Sophie hob den Kopf und schaute dabei Marc an.

„Sie müssen entschuldigen. Als sie noch eine Stimme im Kopf von Luisa waren, waren Sie so vertraut für uns. Sie waren Marc, der Kumpel. Und jetzt sitzt ich einem Mann gegenüber, der mir so fremd ist, obwohl …!" Sophie vergrub das Gesicht in Ihre Hände.

Marc stand auf und trat um den Tisch herum. Er war unsicher, ob er sich ihr nähern durfte.

„Darf ich zu Ihnen rüberkommen?", fragte er, während er bereits neben ihr stand.

Sophie nickte und hatte die Hände immer noch vor dem Gesicht. Er bemerkte, wie ihre Hände leicht zitterten.

„Ich würde gerne wieder diese Vertrautheit annehmen. Sie war mir auch wesentlich lieber. Bleiben wir beim Du? Ich bin der Marc!"

Sophie nickte, schämte sich für ihre Tränen und ließ daher die Hände immer noch vor dem Gesicht.

„Sophie. Auch mir haben die Gespräche mit Luisa so gutgetan. Zuerst war auch ich verwirrt und verunsichert. Aber, statt wie in den ganzen Horrorfilmen, mir eine dämonische Stimme Befehle erteilte, hatte ich es mit einer sympathischen Frau zu tun, die lustig und so normal war. Mit jemandem, der Alltagssorgen hatte und der einfach mal Reden wollte. Daher habe ich die Sache nicht so beängstigend gefunden und wollte daher der Ursache nicht auf den Grund gehen. Ich fand Luisa so erfrischend, und genau das fehlte mir bei meinem Problem."

Sophie kam aus ihrer Haltung und suchte in ihrer Handtasche nach Papiertaschentüchern.

„Was denn für ein Problem?", schniefte sie.

„Ich hatte eine Schreibblockade. Ich saß schon mehrere Tage vor meinem Laptop und kam mit der Geschichte nicht weiter. Es war ein neues Terrain für mich. Fantasy!"

„Ach ja, das habe ich in dem Interview gehört", sagte Sophie und tupfte vorsichtig ihre Kajalstriche trocken.

„Die Geschichte war sehr gut, aber irgendetwas fehlte. Und nach den ersten zwei Tagen und Gesprächen mit Luisa hatte ich die Idee eine kleine Liebesgeschichte mit einzubauen. Eine weibliche Protagonistin wurde geboren und brachte mehr Tiefe in das Roadmovie. Ich beschrieb meine Tara Taff ganz nach meinem inneren Bild von Luisa. Ich hatte meinen Flow wiedergefunden", sagte Marc und lächelte.

„Also habt Ihr Euch gegenseitig geholfen?"

„Ich bekam von ihr Hilfe und wenn meine Tipps auch ihre Wirkung hatten …"

„Das hatten sie", antwortete Sophie und lächelte Marc mit glasigen Augen an.

Einige Sekunden vergingen, ohne dass jemand sprach. Doch dann wollte Marc wissen, was los ist.

„Was ist mit Luisa?"

Sophie holte ein zweites Papiertaschentuch aus der Packung und schnaubte sich die Nase.

„Luisa hatte nach ihrer neuen Kampagnenvorstellung in ihrer Firma nichts mehr von dir gehört!"

„Ach ja, wie ist die denn gelaufen?", fragte Marc hastig nach.

Sophie hob die Hand und stoppte seine Frage.

„Die ist super gelaufen. Auch hatte sich der Verdacht der Leukämie aufgelöst. Alles war gut. Danach hatte sie nichts mehr von dir gehört und die Befürchtung, dass Ihr nach all' der Hilfe jetzt kein Dschinn mehr zustand. Na ja, auf jeden Fall surfte Luisa im Netz herum und recherchierte über das Thema Stimmen im Kopf. Sie fand einige Blogs zu dem Thema, unter anderen aber auch dein YouTube Interview. Sie hatte dich entdeckt. An dem Tag hattest du eine Lesung in Delmenhorst. Das ist von Bremen schnell zu erreichen und wollte zu der Lesung. Auf dem Weg zur Bushaltestelle hatte sie dieses verdammt leise E-Autos überhört und wurde von ihm erfasst!" Sophies Augen füllten sich erneut mit Tränen und sie tupfte abermals mit dem Taschentuch.

Marc lehnte sich zurück und erwartete das Schlimmste.

„Sie liegt im Koma, und das schon über einen Monat!"

Jetzt begannen auch Marcs Augen zu tränen. Er schaute abwesend auf seine Socken.

„Ärzte sagen uns, dass eine persönliche Ansprache wichtig für die Patienten ist und so teilen sich ihre Eltern, ihr Bruder und ich die Zeiten und sitzen an ihrem Bett. Sie erzählen alte Geschichten und ich lese ihr aus Büchern vor. Bisher ist aber niemand zu ihr durchgedrungen. Und daher dachte ich …" Sophie schaute Marc an und sah, wie er reglos dasaß.

„Marc, wir brauchen dich. Luisa braucht dich!"

Er nickte, schaute zur Seite und wischte sich Tränen aus dem Gesicht. Er schämte sich vor Sophie dafür.

„Aber ich hatte sie nach meiner Lesungsreise gleich wieder angesprochen. Wir hatten ausgemacht, uns durch einen Pfeifton anzukündigen. Das hatte ich immer gemacht, aber bekam nie eine Antwort."

Jetzt sah er Sophie an und sie bemerkte seine rotgeränderten Augen.

„Da war sie bereits im Koma!"

Er ärgerte sich, dass er es in der Zeit nicht viel häufiger versucht hatte, mit ihr Kontakt aufzunehmen. Und nach einigen Tagen hatte er ebenfalls gedacht, dass durch das Ende der Schreibblockade die Verbindung beendet worden war. Er stand auf und ging einige Schritte im Wohnzimmer auf und ab.

„Soll ich mitkommen ins Krankenhaus?", fragte er sie.

„Ich denke, du bist ihr hier näher, als wir dort!", antwortete Sophie.

Marc nickte.

„Ich konnte nur in der Küche mit ihr kommunizieren".

Sophie schaute ihn verwundert an.

„Das hattest du auch im Interview erzählt. Luisa konnte dich überall hören. In der ganzen Wohnung. Sogar im Club, weißt du noch?"

„Ja."

„Ich habe die Verbindung jedoch nur in meiner Küche. Sobald ich die verlassen habe, war auch der Kontakt weg."

„Also, wie machen wir es jetzt?", fragte Marc sie.

Sophie überlegte und sah anschließend auf die Uhr. Sie holte ihr Handy aus der Handtasche.

„Okay. Du gehst gleich in die Küche und sprichst mit ihr. Auch wenn du keine Antwort auf das Pfeifen bekommst, sprichst du dennoch die ganze Zeit weiter. Ich werde ihre Mutter anrufen. Sie ist zurzeit bei ihr. Sie soll mir mitteilen, ob es irgendeine Regung bei ihr auslöst."

Marc wartete bis Sophie das Handy aus der Tasche geholt und den Kontakt von Luisas Mutter gewählt hatte.

„Wissen ihre Eltern von mir und der Verbindung?", fragte Marc.

„Nein, davon wissen nur ihr Hausarzt, Psychiater, Frauke und ich. Das habe ich ihrer Familie nicht erzählt. Ich wusste auch nicht wie."

Marc wollte hören, welche Erklärung sie ihrer Mutter für diesen Versuch mitteilte, doch Sophie sah hoch und gab ihm per Handzeichen eine dezente Aufforderung in die Küche zu verschwinden.

„Hallo Dagmar. Hier ist Sophie. Bist du gerade bei Luisa?"

„Ja, mein Schatz. Rüdiger war bis eben da. Er ist nach Hause, etwas schlafen."

„Okay. Sitzt du gerade neben Luisa?"

Dagmar Kemmer sah ihre Tochter an.

„Ja".

„Du, das klingt jetzt komisch, aber ich habe gelesen, dass bei einigen Fällen von Komapatienten das Zusammenspiel von Mondphasen und den Gezeiten eine wichtige Rolle spielt!", während Sophie die Worte sprach, kniff sie die Augen zu und hoffte, dass Dagmar sie nicht für völlig verrückt hielt.

„Bitte was?"

„In einer Studie stand, dass der Zugang, also die Empfindungen von Komapatienten zur Wirklichkeit in bestimmten Phasen wesentlich erfolgreicher ist, als zu anderen Zeiten." Sophie wusste, dass Luisas Familie und vor allem ihre Mutter sich an jeden Hoffnungsschimmer klammerten, der ihr gereicht wurde, dennoch war sie nicht naiv.

Dagmar schwieg und so setzte Sophie nach.

„Zurzeit ist die Phase am günstigsten und so sollte man Körperkontakt zu dem Patienten herstellen und beobachten, ob etwas passiert."

Dagmar griff vorsichtig die Hand ihrer Tochter und drückte sie leicht.

„Kannst du sie vielleicht berühren und sie ansprechen?", fragte Sophie nach.

„Das habe ich schon!"

„Darf ich am Telefon warten, ob es etwas bringt?", kam die nächste Frage von Sophie.

„Okay, ich lege dich beiseite!", sagte Dagmar und legte das Handy auf den Nachttisch.

Sophie ging langsam durch den Flur zur Küche und verweilte in der Türzarge. Marc schaute sie mit glasigen Augen an und begann zu pfeifen. Er wiederholte es zweimal, bekam jedoch keine Antwort und daraufhin begann er zu sprechen.

„Hallo Luisa! Ich bin 's, Marc. Ich war eine Zeit lang weg, aber jetzt bin ich wieder da. Bin wieder für dich da". Es fühlte sich komisch an, zu Jemandem zu sprechen und keine Antworten zu erhalten. Sophie beobachtete ihn und auch das war unbehaglich.

„Luisa, soll ich dir was verraten? Es gibt mich wirklich, nicht nur in deinem Kopf. Nein, sogar in deinem Leben. Du hast es ja selbst herausgefunden. Vor uns allen."

Marc blickte jetzt zu Sophie.

„Weißt du, wer hier neben mir steht? Es ist Sophie. Auch sie hat mich gefunden und mir alles erzählt, und ich bin völlig verwirrt darüber gewesen. Aber jetzt wünsche ich mir, dich kennenzulernen. Ich meine dich bereits zu kennen, aber ich würde dich gerne leibhaftig kennenlernen."

Wieder mal schaute er zu Sophie und zog die Brauen hoch. Sie hörte parallel am Telefon die Stimme von Dagmar, die ebenfalls ruhig auf Luisa einsprach, und schüttelte traurig den Kopf. Marc schloss die Augen und schnaufte laut.

„Hey Luisa", schrie er jetzt. „Soll es das gewesen sein? All' das, was wir uns gegenseitig erzählt und erlebt haben. Alles für die Katz'? Du hast den Leukämieverdacht überlebt. Bist im Beruf erfolgreich. Du hast dich sogar bei einer Partnerbörse angemeldet!"

Sophie schaute ihn verwundert an.

„Alles läuft perfekt, und jetzt war das alles umsonst? Jetzt willst du deine Erfolge nicht erleben?" Marcs Stimme überschlug sich, als er die Worte schrie.

Sophie hörte Dagmars Stimme durch den kleinen Lautsprecher ihres Handys. Luisas Mutter hatte ihr Mobilfunkgerät wieder in die Hand genommen.

„Sag' mal, wer schreit denn da so bei dir? Wo bist du?", wollte sie wissen.

Sophie schloss die Küchentür und ging zurück in den Flur.

„Ach, ich bin auf der Arbeit und hier tickt gerade ein Kollege ein bisschen aus. Ich geh' mal raus."

Sophie erreichte wieder das Wohnzimmer und setzte sich auf das Sofa.

„Und? Hat sie irgendwie reagiert?", wollte Sophie wissen.

„Nein. Keine Veränderung. Ich glaube, das mit den Mondphasen ist Humbug."

Sophie schloss die Augen und lehnte sich zurück. Sie hatte so große Hoffnungen in Marc und seiner mentalen Verbindung zu Luisa gesetzt. Es war der perfekte Zugang. Der direkte Draht zu ihr, hatte sie gedacht.

„Ach, Sophie. Einen Versuch war es allemal wert", tröstete Dagmar sie.

Sophie liefen die Tränen. Sie hatte die letzten Wochen viel geweint, aber sich nach und nach mit der Situation abgefunden. Heute jedoch hatte sie scheinbar die Lösung gefunden, dachte sie. Und nun misslang auch dieser Versuch. Dagmar hörte ihr Schluchzen und versuchte sie aufzubauen.

„Sophie. Vielleicht braucht sie noch etwas mehr Zeit!" Auch Dagmars Stimme zitterte bei den Worten.

„Die Ärzte sagten, dass es viele Patienten gibt, die erst nach …!" Sie unterbrach den Satz.

„Luisa?"

Sophie riss die Augen auf und setzte sich gerade hin.

„Was ist los?", wollte sie wissen.

Dagmars Stimme kam nun gedämpft von weitem durch das Telefon.

„Lieschen? Hallo, … ich bin's!"

Sophie stand auf und eilte den Flur zurück zur Küche.

„Was ist los?", fragte sie erneut, doch Luisas Mutter hatte das Telefon beiseitegelegt.

Sophie erreichte die Küche und öffnete die Tür. Marc saß immer noch auf seinen Stuhl. Er sang.

„…und das dichteste Geäst, damit du keine Ängste mehr kennst."

Sophie strahlte ihn an und er blickte überrascht zurück.

„Sag ein kleines Stückchen Wahrheit, sieh' wie die Wüste lebt."

„Schwester, bitte kommen Sie. Meine Tochter, sehen Sie doch …", hörte Sophie leise durchs Handy.

Sophie nickte, während ihr erneut Tränen die Wangen runterliefen. Marc sah sie an und lächelte leicht. Seine Stimme wurde brüchig und leierte.

„Sing weiter!", flehte Sophie.

„Schaff' ein kleines bisschen Klarheit, und schau' wie sich der Schleier hebt."

„Wir holen den Doktor. Der Tubus muss raus." Verschiedene Stimmen drangen leise zu Sophie, bis sie deutlich Dagmars Stimme hören konnte.

„Sophie! Ich glaube, sie kommt zurück!", schluchzte sie ins Telefon.

Am nächsten Abend stand Sophie vor Luisas Bett. Die Familie war den ganzen Tag bei ihr gewesen und hatte Luisa alles erzählt. Alles über den Unfall, die Operation und über die lange Zeit im Koma. Auch, dass sie gestern durch günstige Mondphasen wieder den Weg zurück ins Leben gefunden hatte. Dagmar hatte Sophie gedankt und wollte sich jedoch noch intensiv mit dieser Thematik auseinandersetzen. Luisa hatte noch starke Halsschmerzen und wirkte erschöpft, als Sophie ins Zimmer kam. Die Familie war nach Hause gefahren und so waren die beiden jungen Frauen allein.

„Na, Du Crashtestdummy!", begrüßte Sophie ihre Freundin und drückte Luisa sanft.

„Na!"

Sophie suchte eine Vase und füllte sie mit Wasser, um ihren Blumenstrauß hinein zu stellen.

„Die sind ja schön!", krächzte Luisa.

„Wie geht es dir?"

„Ich glaube gut. Habe irgendwie kaum Schmerzen, außer in meinem Hals!"

„Dein Körper hatte genug Zeit, die abzubauen", erklärte Sophie ihr.

Sie sahen sich eine Zeit lang einfach nur an und schwiegen. Sophie brannte darauf ihr den wahren Grund der Komarückkehr zu erzählen, wusste jedoch nicht, in wie weit sich Luisa noch erinnerte.

„Kannst du dich noch an den Tag des Unfalls erinnern?", fragte sie daher.

Luisa blickte zur Decke und überlegte.

„Soll ich dir helfen?", fragte Sophie und Luisa nickte.

„Tage zuvor hattest du eine Stimme im Kopf, weißt du?"

„Ja. Das war Marc!". Sie kniff die Augen zu und überlegte.

„Ich habe ...". Luisa konzentrierte sich weiter.

„Du hast im Internet gesurft und nach Stimmen im Kopf gesucht."

Luisa starrte ihre Freundin an und wartete auf weitere Informationen.

„Dabei hast du ein YouTube Video von einem Autor namens Marc Klave entdeckt!"

Luisas Augen erhellten sich, und ihr kamen die Bilder wieder in Erinnerung.

„Ja, es gibt ihn wirklich. Das ist der Marc, den ich im Kopf hatte!"

Sophie nickte und lächelte.

„Du wolltest zu ihm. Zu seiner Lesung und bist dann vor 's Auto gelaufen! Was 'n Scheiß!"

Luisa versuchte, sich hoch zu schieben. Jetzt war alles wieder da. Es war Marc und er sah gut aus. Er hatte sogar in dem Interview von ihr erzählt.

„Ich habe ihn getroffen!", sagte Sophie und Luisa öffnete sprachlos den Mund.

„Ich habe gestern deinen Browserverlauf durchforstet, um deinen Spurt vor 's Auto zu erklären. Habe das Interview gesehen und gewusst, was du vorhattest. Danach habe ich ihn aufgesucht und von dir erzählt!"

Luisa konnte immer noch nichts sagen, doch ihre Augen verrieten, dass dahinter tausend Fragen lauerten. Sophie grinste.

„Er ist toll. Er möchte gerne wieder mit dir sprechen. Meinst du, dass wäre möglich? Nicht, dass es zu viel für dich wird", fragte Sophie.

„Ich glaube, ich habe mich lange genug ausgeruht. Wie sehe ich eigentlich aus?", stellte Luisa ihrer Freundin die Frage und forderte einen Spiegel.

„Du siehst gut aus. Bisschen blass und noch ein paar letzte Schürfwunden, aber sonst ganz ansehnlich. Er will dich ja auch erst einmal nur...". Sophie tippte mit dem Zeigefinger an ihre Schläfe.

„...im Kopf besuchen. Er glaubt, dass ist erst einmal etwas entspannter für euch!"

Luisa war aufgeregt.

„Au ja. Morgen um neun ist Visite. Die ist spätestens um zehn vorbei. Ich sage meiner Familie, dass die erst nach Mittag vorbeikommen sollen. Dann hätte ich um zehn Zeit!" Sie grinste ihre Freundin an.

„Sieht er echt gut aus?", fragte sie noch.

„Na ja, `n Mann halt!", antwortete Sophie und beide lachten.

Am nächsten Morgen saß Luisa mit hochgestelltem Kopfteil aufgeregt in ihrem Krankenhausbett. Die Visite war bereits um zwanzig nach neun beendet, und seitdem wartete sie auf die nächste volle Stunde. Sie wollte nicht schon vorher mit ihm Kontakt aufnehmen. *„Man wartet halt', bis der Mann anruft und ruft nicht selbst an!"* Es konnte natürlich sein, dass er schon die ganze Zeit in der Küche saß und ihre Antworten auf die Ärztefragen mitbekommen hatte. Sie war sich immer bewusst, dass er ihre Sätze mithören konnte. Sie starrte auf ihr Handy und wartete die Sekunden ab. Zehn Uhr. Die Uhrzeit stand nun auf dem Display und Luisa wurde ganz warm. *„Nicht pfeifen!"*, befahl sie sich selbst im Geiste. *„Warte ...warte ...!"* Mittlerweile war es schon zehn Uhr eins. *„Ach Scheiß drauf!"* Luisa spitze die Lippen und pfiff leise. Ihr Mund war trocken und ihre Lippen, aufgrund der langen Beatmung, noch sehr rissig. Der erste Pfeifton war wirklich nur warme Luft und kaum hörbar. Sie benetzte ihre Lippen und startete einen zweiten Anlauf. Jetzt war etwas Vergleichbares, wie ein Pfeifen zu hören. Gleich setzte sie nach und pfiff erneut. Doch leider folgte kein Rückpfiff. *War die Verbindung wirklich getrennt? Konnten sie nicht mehr auf diese Art miteinander kommunizieren? Vielleicht ist sie ja gestern von ganz allein aus dem Koma erwacht? War alles nur ein Zufall?*

Ein leiser Pfiff ertönte in ihrem Ohr und Luisas Körper wurde komplett mit Wärme gefüllt. Sie spürte, wie ihre Wangen glühten.

„Oh Mann. Jetzt komme ich zu unserer Verabredung zu spät!", entschuldigte sich Marc.

„Hallo!", krächzte Luisa und räusperte sich anschließend.

„'Tschuldigung, meine Stimmbänder haben in letzter Zeit etwas gelitten!"

„Du klingst toll! Wie geht es dir?"

„Ganz gut. Das liegt wohl daran, dass mich ein Prinz aus meinem Tiefschlaf freigesungen hat!", erklärte Luisa.

Marc lachte. Es fühlte sich gleich wieder so wie früher an, wenn sie miteinander sprachen. Es war wieder diese Leichtigkeit vorhanden, so als ob keine Zeit zwischen ihren letzten Gesprächen gelegen hätte.

„Na, an meinem lieblichen Gesang wird es nicht gelegen haben. Tut mir leid, dass ich mich verspätet habe. Ich bin erst sehr spät eingeschlafen und heute Morgen dann zu spät los, um Brötchen zu holen."

„Wie fühlst du dich mit der Erkenntnis, nicht schizophren zu sein?", wollte Luisa wissen.

„Na ja, ich weiß somit, dass ich mir die Stimme nicht einbilde. Dennoch ist es irgendwie nicht ganz normal, wie wir uns hier gerade unterhalten, oder?"

„Stimmt."

„Ich hatte dir damals nie erzählt, wie ich dich zum ersten Mal gehört hatte."

„Erzähl!", forderte Luisa ihn auf.

„Ich war in der Küche und hörte auf einmal eine Frauenstimme, die liebevoll mit einem Theodor flirtete. Ich war so erschrocken, dass ich stumm blieb. Doch dann war die Stimme wieder weg. Erst als ich wieder die Küche betrat, hörte ich sie wieder. Da ich allein lebe und auch selbstständig bin, brauche ich nicht zur Arbeit gehen. Ich saß einfach da und hörte ihr zu und begleitete sie in ihrem Alltag. Ich muss zugeben, dass mich diese Situation beunruhigt hatte. Doch ich erlebte einen netten Menschen, der sich um seine Mitmenschen kümmert und einfach normal war. An dem Abend unseres Erstkontaktes habe ich dich dann singen gehört. Das klang so süß, dass ich einfach nicht anders konnte und dir bei der zweiten Strophe helfen musste. Du hattest mich bei dem Lied überzeugt und ich wollte dich ansprechen."

„Du kannst mich echt nur in deiner Küche hören?", fragte Luisa.

„Ja. Ich weiß nicht warum. Aber dadurch konnte ich es dosieren. Wenn ich dich allein lassen wollte oder sollte, bin ich einfach in ein anderes Zimmer gegangen!"

„Daher erklärt sich auch, warum du manchmal nicht zu sprechen warst!", sagte Luisa.

Für einen Moment herrschte Ruhe und keiner der beiden sprach.

„Wie läuft es eigentlich bei Everlove?", fragte Marc fast beiläufig.

Luisa schämte sich auf einmal dafür und überlegte ihre Antwort.

„Keine Ahnung. Ich war da, nach meiner Anmeldung, nicht mehr drauf. Ich habe das, kurz bevor ich dein Video gesehen habe, erstellt."

„Guter Text übrigens!", lobte er sie.

„Hatte so eine Eingebung!"

Marc schmunzelte.

„Hast du mein Bild gesehen?"

„Hmm. Ja!"

„Und?" Luisas Stimme wurde leiser. „Bist du enttäuscht?"

„Du hast mich ja vorher im Interview gesehen. Bist du enttäuscht?", kam seine Gegenfrage.

„Ich habe zuerst gefragt!"

„Du bist genau die schöne Frau, die ich die ganze Zeit im Kopf hatte, als ich deine Stimme hörte. Ansonsten hätte ich doch nicht so viel Zeit mit dir verquatscht!"

Luisa grinste und ihre Wangen wurden noch heißer. Zum Glück saß er ihr in diesem Moment nicht gegenüber.

„Und warum meinst du, habe ich wohl so überhastet meine Wohnung verlassen, um dich bei der Lesung zu besuchen?", antwortete sie ruhig und bemühte sich, ihre Stimme nicht so kratzig anhören zu lassen.

Eine erneute Stille trat ein. Dann fragte Marc sie.

„Willst du mehr von mir erfahren?"

„Ja, aber nicht so. Ich will ein Date mit dem Mann in meinem Kopf! Von Angesicht zu Angesicht!"

Hallo, liebe Leserinnen und Leser. Mein Name ist Marc Klave. Ich bin zweiundvierzig Jahre alt, geschieden, Autor und Freiberufler. Das Gemeine an einer Selbstständigkeit ist, dass man immer funktionieren muss, oder wenn man Angestellte hat, dass das Unternehmen funktionieren muss. Man kann sich nicht einfach eine Auszeit nehmen und mal sehen, ob es auch so reicht. Nein, man ist immer für sich und andere verantwortlich. In meinem Fall nur für mich und meine Exfrau. Als Autor kann man sich auf den Erfolgen eine Zeit lang ausruhen, jedoch fordern die Agenturen, das eigene Bankkonto und die Fans neue Bücher. Wenn man in einer Kreativbranche lebt, muss man jederzeit diese Kreativität abrufen können, ansonsten kommt kein neues Buch zustande. Ich war auf Thriller spezialisiert. Das war mein Genre. Ich hatte drei Bücher dieser Art herausgebracht. Meine Frau war Lehrerin und mit Anfang dreißig stellte sich bei uns der Kinderwunsch ein. Wir übten viel. Das ist ja nebenbei auch das Schöne am Eltern werden. Jedoch war unser Bemühen nicht von Erfolg gekrönt. Nach zwei Jahren sind wir der Sache medizinisch auf den Grund gegangen und erfuhren, dass meine Frau keine Kinder bekommen konnte. Nach einer langen, schmerzhaften und traurigen Zeit sprach ich Alternativen an. Eine künstliche Befruchtung kam jedoch, wegen des streng religiösen Hintergrundes meiner Frau, nicht in Frage. Das Thema Adoption war für uns beide zu dem Zeitpunkt auch keine Option.

Ein Jahr verging und meine Frau wurde krank. Sie hatte keinen Antrieb mehr zur Arbeit zu gehen und fiel nach und nach in eine Depression. Ich nahm das Thema Adoption neu auf. Nach intensiver Recherche kam mir diese Alternative immer schöner vor und ich überzeugte meine Frau von diesem Schritt. Jedoch war sie mittlerweile in einem so kranken Zustand, dass man uns eine Adoption nicht gewährte. Die Depression war zu stark ausgeprägt, als dass man uns ein Kind zusprechen wollte. Dieser

Rückschlag war für meine Frau der Auslöser, sich ganz der Krankheit hinzugeben. Wir trieben auseinander. Sie verlor den Antrieb für alles. Sie verlor die Liebe zu mir und die Liebe zum Leben. Sie lag nur noch im Bett und musste später klinisch betreut werden. Wir ließen uns scheiden, dennoch war ich für sie und für ihre finanzielle Absicherung da. Es zerbrach sie, und es zerbrach mich. Doch es musste weiter gehen.

Meine Agentin kannte unsere Situation, dennoch hielt sie mich über die rückläufigen Umsatzzahlen auf dem Laufenden. Auch meine finanzielle Situation wurde unsicher und ich musste funktionieren. Ich musste kreativ funktionieren. Kreativität kommt aus dem Kopf. Einem Kopf, der bei mir in dieser Zeit mit so vielen anderen Dingen belastet war. Eines Nachts, als ich lange wach lag, kam jedoch ein kleiner Funke. Ich hatte einen Einfall über eine wundervolle Geschichte. Es war kein Thriller. Es war eher die unglaubliche Reise eines Menschen in eine andere Welt. Es war lustig und skurril. Schnell schrieb ich die Einfälle in der Nacht auf und begann am nächsten Tag mit dem Schreiben. Die ersten Seiten liefen wie von selbst, und ich spürte wieder den Flow. Doch dann kam ich nicht mehr weiter. Irgendetwas fehlte. Ich saß vor meinem Laptop und starrte stundenlang auf den letzten Satz. Ich tippte etwas, löschte den Versuch danach immer wieder. Das Bildschirmstarren machte mich durstig und ich wollte meine Gedanken etwas ruhen lassen. Ich hatte vor, mir künstlich meinen Flow zu verschaffen und schenkte mir einen Gin Tonic ein.

Die Tage vergingen, nur der Satz war immer noch derselbe. Ich hatte Befürchtung, er würde sich in die Bildschirmmaske einbrennen. Mein Lieblingskreativplatz war der Küchentisch. Ich hatte mir einen bequemen Lederschreibtischstuhl vor den Küchentisch gestellt und hier immer meine besten Einfälle gehabt. Meine Beine steckten in einer Jogginghose und meine Füße in einem dicken, mit Fell gefütterten, Fußsack. Das war wie immer, nur begleitete mich diesmal kein Mineralwasser, sondern drei bis vier Gin Tonics bei der Arbeit. Doch ich steckte fest. Eines Nachts schob ich den Laptop nach vorne und legte meinen Oberkörper auf den Tisch. Der Gin, das schwache Licht des Monitors und die Uhrzeit schafften es, mich dort einzuschläfern. Plötzlich fuhr ich hoch. Irgendetwas war gegen die geschlossene Küchentür geknallt. Ich musste mich erst orientieren, bis ich vorsichtig aufstand, und die Tür öffnete. Ich tastete nach dem Schalter im Flur und durchsuchte anschließend jede Ecke in meiner Wohnung. Mittlerweile war es halb eins und ich redete mir ein, dass ich es geträumt haben musste. Ich ging ins Bett und schlief kurz danach ein.

Am nächsten Tag hatte ich den mentalen Kontakt mit Luisa. Die Gespräche waren anfangs gespenstisch, doch sie wurden von Mal zu Mal interessanter. Die Frau war bezaubernd. Sie war ein unsicherer, aber liebenswerter Mensch, der Anerkennung, Verständnis und Liebe suchte. Irgendwie war sie auch taff. Und so kam mir die Idee, mein neues Werk mit einer Liebesgeschichte zu bereichern. Es wurde eine neue Protagonistin geboren: Tara Taff! Luisa erzählte mir, dass sie an dem Abend, eines von meinen Büchern aus dem Badezimmer geholt hatte. Vielleicht war das der Auslöser zu unserer Verbindung. Wir können es uns immer noch nicht erklären. Aber letztendlich wollen wir das auch nicht. Luisa ist klasse. Wir haben uns nach ihrer Krankenhausentlassung zum Essen getroffen. Nachdem wir uns am Tisch fast eine Minute nur stumm angeschaut hatten, begann sie mit der ersten Frage.

„Na, Marc, was machst du denn so beruflich?"

Es war anschließend wie immer. Obwohl wir nun einen leibhaftigen Menschen gegenüber hatten, war die Vertrautheit wieder da. Wir hatten so viel zu erzählen. Neben den akustischen Informationen bekam ich anschließend auch alle weiteren Einzelheiten zu dem Clubabend und dem weiteren Date, sowie ihrer Präsentation berichtet. Luisa sprach mit Händen und Füßen. Es war schön, einen so lebensbejahenden Menschen um sich zu haben. Ich durfte sie noch weitere Abende ausführen bis sie mich zu einem Kaffee in ihre Wohnung einlud. Ihr Kater war anfangs etwas distanziert, mittlerweile darf ich ihn aber auch streicheln. Jetzt kann ich es ja sagen. Luisa und ich sind zusammen. Sie hat ihre Mitgliedschaft bei Everlove gekündigt und mir eine Chance gegeben. Wir können zurzeit auf SMS und andere Mitteilungsdienste verzichten, wenn ich bei mir in der Küche sitze, doch niemand weiß, wie lange diese außergewöhnliche Verbindung noch anhalten wird, denn wir planen, uns eine gemeinsame Wohnung zu zulegen. Von dieser Verbindung haben wir nur unseren engsten Freunden erzählt, nicht der Wissenschaft. Einige davon glauben sie, andere stehen ihr skeptisch gegenüber. Ist aber ja egal, denn das ist unsere Liebesgeschichte und mehr Magie kann wohl niemand auffahren.